el

DESEO
DEL MILLONARIO

el

DESEO
DEL MILLONARIO

J.S. Scott

traducción de Roberto Falcó

Título original: *Only a Millionaire*
Publicado originalmente por Montlake Romance, Seattle, USA, 2018

Edición en español publicada por:
Amazon Crossing, Amazon Media EU Sàrl
38, avenue John F. Kennedy, L-1855 Luxembourg
Septiembre, 2020

Impreso por: Ver última página

Primera edición digital 2020

ISBN Edición tapa blanda: 9782496705201

www.apub.com

SOBRE LA AUTORA

J.S. Scott, prolífica autora de novelas románticas eróticas, es una de las escritoras con más éxito del género y ha ocupado los primeros puestos en las listas de libros más vendidos de *The New York Times* y *USA Today*. Aunque disfruta con la lectura de todo tipo de literatura, a la hora de escribir se inclina por su temática favorita: historias eróticas de romance, tanto contemporáneas como de ambientación paranormal. En la mayoría de sus novelas el protagonista es un macho alfa y todas tienen un final feliz, seguramente porque la autora no concibe terminarlas de otra manera. Vive en las hermosas Montañas Rocosas con su esposo y sus dos pastores alemanes muy mimados.

Entre sus obras destaca la serie «Los Sinclair», de la que forma parte la presente novela.

*Este libro está dedicado a mi fantástico y generoso equipo de calle,
las Gemas de Jan, y a su intrépida líder, Natalie.
Estoy convencida de que tengo el mejor equipo que podría existir.
Quizá no sea imparcial, pero creo que no existe un grupo de mujeres
más generosas, amables y consideradas. Gracias por todo lo que hacéis
un día tras otro para dar a conocer mis libros.
Besos, Jan*

Capítulo 1

Mi vida se había convertido en una mentira y no lo soportaba.

Bueno, quizá se salvaba una cosa.

Liam Sullivan.

Mi jefe era el único aspecto positivo de mi traslado temporal a la Costa Este.

Me gustaba Amesport, una preciosa población costera, aunque sabía que mi estancia en el lugar tenía fecha límite. La gente era amable y no me importaba servir mesas y echar una mano en el resto de tareas del pequeño restaurante donde trabajaba.

Pero es que odiaba las mentiras.

Hacía menos de un año que me había mudado de California a Maine obligada por las circunstancias. Y ahora estaba preparada para dejar atrás las falsedades y volver a ser yo misma.

Solo había un problema y ese engaño era el que más me dolía.

Liam Sullivan.

Mi jefe, dueño del Sullivan's Steak and Seafood, era un dios alto y rubio, amén del protagonista de mis sueños más húmedos desde el día en que nos conocimos. Por desgracia, las fantasías que ocupaban mi mente rozaban el mismo nivel de lujuria desbocada que el primer día.

Lancé un suspiro y me recliné en la silla de Liam. Era una pena que no estuviera en el pequeño despacho del restaurante para hacerme compañía. Era temprano y faltaban varias horas para abrir las puertas a los clientes. Aún seguíamos el horario de temporada baja, que manteníamos hasta la primavera, por lo que era lógico que Liam Sullivan todavía no hubiera llegado al local.

—Esto está a punto de acabar —susurré entre dientes, antes de tomar un sorbo de café. Había llenado la cafetera hasta arriba, pero ya estaba a punto de acabarla—. Dentro de nada volveré a California.

Tenía que concentrarme en el regreso a casa. En los últimos meses, era lo único que me había ayudado a mantener la cordura.

Me había visto obligada a seguir con las mentiras, incluso después de que Liam hubiera admitido que me deseaba, varios meses antes. Y la invención de mi identidad me corroía por dentro.

¿Qué otra cosa podía hacer? No podía contarle la verdad.

En mi vida real no tenía novio. El chico que Liam había visto, y que había dado por supuesto que se trataba de mi pareja, era en realidad mi hermano Noah, que había llegado a la Costa Este gracias al multimillonario Evan Sinclair. Evan, que tenía su residencia en Amesport, era amigo de mi hermano y había accedido a echarme una mano para huir de California cuando tuve que irme de mi casa.

Le estaba muy agradecida, pero me arrepentía de haber tenido que ocultar mi identidad.

Liam conocía a una Brooke que nunca había existido.

Siempre que podía intentaba no mentirle, pero no había podido confesarle que el hombre que había venido a verme desde California era, en realidad, mi hermano.

Liam me había ofrecido un puesto de trabajo sin saber gran cosa de mí. Evan le había pedido que me contratara y Liam había aceptado al ver mis referencias.

Mi hermano y Evan no tardaron en llegar a un acuerdo.

Pasar desapercibida.

No revelar a nadie mi identidad real.

Y no convertirme en el centro de atención.

No podía romper las promesas que le había hecho a las personas que más me habían ayudado cuando necesitaba desesperadamente huir de California. Me habían impuesto esas reglas para mantenerme a salvo.

Tomé otro sorbo de café. Era la última taza, así que más me convenía empezar a preparar otra cafetera, porque iba a necesitarla.

Bostecé a pesar de la gran dosis de cafeína que había ingerido e intenté concentrarme en los números del restaurante. Tal vez Liam era un hombre de negocios excelente en general, pero aborrecía todo lo que oliera a contabilidad e impuestos. A mí, sin embargo, se me daban bien los números, por eso había asumido esa tarea desde hacía unos meses.

El hecho de que me hubiera presentado tan temprano en el restaurante no tenía nada que ver con mi carga de trabajo y sí con el hecho de que debía volver a California. Aún no le había contado a Liam que tenía pensado marcharme, algo que no me dejaba dormir de noche. Y como no había podido conciliar el sueño, al final había tomado la decisión de ir al local a hacer números. Francamente, era una tarea que no corría ninguna prisa. Lo llevaba todo al día y solo me faltaba actualizar la información del mes en curso. Pero tenía que hacer algo para estar ocupada y no volverme loca.

«Poco le importará que me vaya a casa», pensé.

Desde que Liam había admitido que se sentía atraído sexualmente por mí, y tras mi posterior confesión de que el sentimiento era mutuo, ambos habíamos mantenido una actitud algo distante.

La conversación no había terminado de la mejor forma posible. Sí, lo veía casi a diario, pero nos limitábamos a hablar de temas triviales cuando estaba de buen humor, y de cuestiones relacionadas con el restaurante. Por lo demás, no habíamos vuelto a mencionar el asunto.

Él estaba convencido de que yo tenía novio, y como Liam era como era, dio un paso atrás al considerar que había hablado más de la cuenta.

A decir verdad, me pilló algo desprevenida que creyera que podía atraerme alguien como mi hermano, pero no me quedó más remedio que seguirle la corriente. Si lo hubiera negado, tal vez habría empezado a hacerme más preguntas, y había cosas que no podía contar... hasta ese momento.

Sin embargo, como la crisis ya había acabado y yo estaba a punto de volver a casa, poco importaba ya que averiguara la verdad. Aun así no pensaba contárselo todo. Quizá no le hiciera mucha gracia que tuviera novio, pero menos gracia le haría aún que le hubiera mentido.

Al final, la mejor solución posible era irme. Prefería que pensara que había pasado por un momento de debilidad a confesarle que mi vida en Amesport se sustentaba en una mentira. En lo que respectaba a Liam, yo había cumplido mi parte con creces. No era asunto suyo por qué había tomado la decisión de pasar casi un año en la Costa Este cuando tenía mi hogar en California.

Sabía que Evan Sinclair no le había contado gran cosa a Liam. Según el amigo multimillonario de mi hermano, lo único que le había dicho era que yo necesitaba un empleo y alejarme de la Costa Oeste por una temporada.

Liam había aceptado contratarme antes incluso de que llegara a Maine, lo que me permitió entregarme en cuerpo y alma al trabajo en cuanto aterricé. Por desgracia, ese trabajo incluía a un jefe guapísimo, un hombre para el que yo nunca dejaría de ser más que una empleada.

Sí, vale, había tenido un momento de debilidad en casi un año. El día en que se sinceró y me dijo que me encontraba muy atractiva. Pero desde entonces no había vuelto a mencionar el tema y yo estaba convencida de que se arrepentía de haberme confesado un sentimiento tan íntimo.

«Tengo que ser realista y asumir los hechos», pensé.

Y lo cierto era que a Liam Sullivan no le importaría demasiado adónde fuera o qué hiciera siempre que lo avisara con el tiempo necesario.

Nunca había sido una de esas mujeres que fantaseaba con hombres que estaban fuera de su alcance. Yo salía con chicos seguros, que encajaban en mi mundo pragmático. A menudo pensaba que los números se me daban tan bien debido a mi falta de imaginación. La contabilidad era algo concreto. No había zonas grises. Los números cuadraban o no cuadraban.

Tuve que hacer un auténtico esfuerzo para dejar de pensar en Liam y concentrarme en las cifras del último mes.

Cuando levanté la vista al cabo de un rato, me di cuenta de que habían pasado varias horas sin enterarme.

Me levanté y me estiré para desentumecer los músculos. Había estado horas sentada en la misma postura y me dolía todo el cuerpo.

—¿Qué diablos haces aquí tan temprano?

Me sobresalté al oír aquella voz masculina enfadada, y me volví hacia el atractivo barítono que me había pillado in fraganti.

Liam.

Dejé caer los brazos sin fuerza y el corazón empezó a latirme desbocado, como solía ocurrir cuando veía a mi jefe.

Mi cuerpo tenía una especie de sensor especial para aquel hombre, un mecanismo que se activaba como un relámpago en cuanto él se acercaba a mí.

Dios, qué guapo era… Aunque iba vestido con unos pantalones gastados y una camiseta de los Patriots, rezumaba una seguridad y una serena confianza en sí mismo que la mayoría de los mortales tardaban toda una vida en reunir.

Me estremecí.

—Nada. Bueno, no estaba haciendo nada ahora. He acabado de enviarle toda la información a tu contable. Los libros están al día.

No parecía muy satisfecho con la explicación, pero aquella solía ser su expresión habitual.

—¿A qué hora has llegado?

Me aparté del escritorio.

—Temprano —balbuceé.

—¿Qué significa «temprano»?

No quería confesar que había llegado antes del alba. Por algún motivo, parecía creer que dedicaba demasiadas horas al restaurante, y no digo que no tuviera razón. Pero trabajar me ayudaba a mantener la cordura.

—¿Acaso importa? —respondí a la defensiva—. Solo hago mi trabajo.

Me acerqué hasta él y tuve que inclinar la cabeza ligeramente hacia atrás para mirarlo a la cara.

Yo era de estatura media, pero Liam era tan alto que me hacía sentir chiquita.

De repente la habitación había empequeñecido y la temperatura había subido un par de grados.

Intenté pasar de largo para salir del despacho, pero me detuvo fácilmente agarrándome del antebrazo.

—A mí sí que me importa, Brooke. No eres la dueña del restaurante y no quiero que le dediques tantas horas como yo.

La verdad, no me apetecía nada tener esa conversación. Si me había entregado en cuerpo y alma al trabajo, era por un motivo.

Aparte de para ayudar a Liam, que me había hecho un favor enorme al contratarme. Quería devolverle lo que había hecho por mí.

Me sentía torturada y atormentada, así que le solté lo primero que me pasó por la cabeza.

—Lo dejo. Te aviso con dos semanas de antelación.

Me zafé de su fuerte mano y salí del despacho. El único escondite posible era el baño. Cerré la puerta, puse el pestillo y me apoyé en la superficie de madera mientras intentaba aplacar el latido desbocado de mi corazón.

Ahora solo tenía que sobrevivir a dos semanas infernales antes de averiguar cómo iba a olvidar al único chico capaz de hacerme perder la cabeza.

Capítulo 2

Liam

«¿Qué diablos acaba de pasar?», pensé.

¿Acababa de decirme que… se iba?

Oh, diablos, no. No podía irse sin más. La necesitaba.

Tal vez fuese una tortura trabajar con ella, pero sabía de sobra que Brooke era el motivo por el que me levantaba de la cama como un rayo todas las mañanas. Quizá era masoquista. A decir verdad, no me parecía muy sensato desear a una mujer que ya tenía pareja. Pero la perspectiva de no ver a Brooke era infinitamente peor que tener que fingir que no se me ponía dura cada vez que la tenía ante mí.

Sí, sabía que ya había un hombre en su vida, y no comenté el asunto, a pesar de que me moría de ganas de hacerlo. Pero me había acostumbrado a ver su rostro casi a diario. Quería que siguiera trabajando en el Sullivan's.

Me dirigí al baño a grandes zancadas y aporreé la puerta.

—No acepto tu renuncia —grité.

Tardó unos segundos en responder.

—No te queda elección. No puedes retenerme aquí si no quiero quedarme. Además, te estoy avisando con dos semanas de antelación, como corresponde.

Tenía razón. Era yo quien se estaba comportando de modo irracional. Dos semanas era tiempo más que suficiente. Otros empleados se habían largado sin más al conseguir otro puesto. Muy poca gente se tomaba el trabajo de servir mesas tan en serio como Brooke.

—¿Podemos hablar del tema? —le pregunté con un tono más razonable.

Oí ruido en el baño, pero al final Brooke abrió la puerta.

—No tengo nada más que añadir, Liam. Sabías que este trabajo era temporal. Te agradezco todo lo que has hecho por mí. Me diste un empleo cuando más lo necesitaba y te doy las gracias.

Fruncí el ceño. No era su gratitud lo que quería, sino que ella y su trasero se quedaran aquí, en Amesport.

Tal vez aún no conocía el motivo concreto que la había traído a mi vida, pero ya no me importaba. Había intentado en vano sonsacarle algo más de información a Evan, pero el muy cabrón se había limitado a decirme que Brooke necesitaba alejarse de la Costa Oeste durante una temporada. Hasta había llegado a amenazarlo con despedirla si no confesaba, pero él sabía que era un farol y que nunca podría desprenderme de una buena empleada como ella.

—¿Qué ha cambiado? —le pregunté—. ¿Por qué ahora?

Brooke se encogió de hombros.

—Porque ha llegado el momento. Los motivos que me trajeron hasta aquí ya no tienen importancia y puedo volver a casa.

—Pero si ni siquiera llevas un año en Amesport —gruñí, consciente de que no podía cuestionar su decisión. Era una empleada y tenía todo el derecho del mundo a dejar el trabajo, sin embargo no estaba dispuesto a dar mi brazo a torcer tan fácilmente.

Brooke se rio.

—Un año es mucho tiempo. Nunca pensé que me quedaría tanto.

Seguramente echaba de menos a su novio, aunque albergaba mis dudas sobre la solidez de su relación. Él solo la había visitado un par de veces y nunca se había quedado mucho tiempo.

—Aparte de tu novio, ¿qué más te espera en la Costa Oeste? Aquí al menos tienes un trabajo.

—Me espera toda mi familia, Liam. Tengo tres hermanos mayores, una hermana gemela y un hermano pequeño que estudia Medicina.

Menuda sorpresa. No solía hablar de su vida personal. No sabía que tenía una familia tan grande.

—¿Tienes una hermana gemela? ¿Y se parece a ti?

Negó con la cabeza.

—No somos idénticas, pero se nota que somos hermanas. La echo de menos. Hablamos por teléfono a menudo, pero nunca habíamos estado tanto tiempo separadas.

—¿Por qué no me dijiste que tenías familia?

Se encogió de hombros.

—No podía contarte gran cosa de mi vida personal.

¡Mierda! No soportaba que Brooke y yo no hubiéramos entrado en ese tipo de intimidades. Tendríamos que haber hablado más. Ella llevaba mucho tiempo en Amesport, pero era obvio que no quería que la encontraran y yo estaba demasiado ocupado intentando hacerle creer que mi atracción por ella era cosa del pasado. Habíamos compartido muchas horas en el mismo espacio, pero no habíamos llegado a hablar de temas personales.

Francamente, consideraba que el culpable de aquello era yo. Si no hubiera estado tan ofuscado convenciéndome de que no quería acostarme con ella, podríamos haber llegado a ser amigos.

«Pero es difícil ser amigo de alguien cuando solo puedo pensar en llevármela a la cama».

—Tienes mucha familia —afirmé.

No sabía qué más decir.

Ella resopló.

—No te imaginas lo poco que me gusta eso a veces. Nunca fue fácil tener tres hermanos mayores que intentaban manejarme a su antojo. Pero los quiero a todos. Mis padres ya murieron, por lo que solo nos teníamos los unos a los otros.

—Lo siento —balbuceé.

Me sentía muy identificado con su pérdida porque yo tampoco tenía ya a mis padres.

—Murieron hace tiempo —replicó con un deje melancólico, antes de añadir—: Voy a preparar un poco de café.

Mi hice a un lado y la seguí hasta la cocina.

—No debe de ser fácil estar separada de la familia.

—Me ha venido bien —respondió mientras preparaba la cafetera—. Necesitaba pasar una temporada a solas.

Sus respuestas siempre eran muy vagas y no sabía si ello se debía a que no quería hablar de los auténticos motivos que la habían llevado a irse de California.

—Seguro que tienes ganas de volver a ver a tu novio —le solté, aunque no soportaba la idea de imaginármela en una relación con otro chico.

Estaba acostumbrado a verla sola y no quería que cambiara la situación.

Es más, no soportaba la idea de saber que estaba con otro, aunque sabía que era la dura realidad.

Sin embargo, no podía decírselo. Si lo hacía, tendría que admitir que nunca había superado lo que sentía por ella, un tema que resultaba muy incómodo para ambos.

Brooke pulsó el botón que ponía en marcha la cafetera antes de añadir:

—Tengo ganas de ver a mi familia.

¿Cómo podía competir con una maldita familia y un novio? En el fondo, Brooke y yo no habíamos trabado amistad. No podía.

11

No cuando mi entrepierna reaccionaba con una erección fulgurante cada vez que la veía.

—Se te echará de menos —dije con tristeza.

Se volvió y me miró a los ojos.

—¿Quién me echará de menos? No he llegado a hacer amigos y tú me dijiste que tampoco podías serlo.

Tenía razón, se lo había dicho. Justo después de confesar que me sentía atraído por ella. Pero luego me arrepentí de mis palabras. Brooke era una de esas mujeres que veía la parte buena de cualquier persona. Era optimista, alguien que poseía el don de hacer que los demás anheláramos su amistad, aunque si algo deseaba con toda mi alma era llevármela a la cama.

—Aun así se te echará de menos —murmuré.

—¿Tú me echarás de menos? —preguntó con curiosidad.

—Claro. Te has dejado la piel por mí. Me sustituiste cuando tuve que estar al lado de mi hermana para el tratamiento de los implantes cocleares en Nueva York. Nunca lo olvidaré, Brooke.

Mi hermana sorda había recuperado el oído. Los implantes no habían dado ningún problema y Tessa estaba felizmente casada con Micah, otro multimillonario de la familia Sinclair que se había instalado en Amesport.

Brooke se volvió para intentar ocultar la mirada de decepción que había visto antes de que ocultara su expresión.

—No te costará mucho encontrar a alguien que me sustituya —dijo.

Se dirigió al mostrador que había junto al baño y se sentó de un salto.

Era la única que lo utilizaba. Desde que había reformado el restaurante, había varias zonas antiguas que ya no necesitábamos.

—¿Estás bien? —inquirí, aunque no sabía muy bien por qué se lo preguntaba.

Tal vez ignoraba por qué había tenido que dejar a su familia, pero ahora que sabía que tenía hermanos y que había dejado atrás toda una vida, tenía claro que el motivo debía de ser grave.

Me miró con sus preciosos y expresivos ojos azules.

—Estoy mejor —respondió—. Necesitaba pasar una temporada a solas, y aquí lo he conseguido. Todo el mundo ha sido muy amable, en general. Es una ciudad fantástica.

—Salvo por el hecho de que está invadida por multimillonarios —gruñí.

Uno a uno, todos los hermanos Sinclair se habían mudado a Amesport. Y aunque su influencia había sido beneficiosa para la ciudad (habían hecho importantes inversiones para mejorar la economía y la calidad de vida de sus habitantes), no dejaba de resultar extraño ver despegar y aterrizar sus aviones privados en el aeropuerto situado en las afueras.

—Lo dices como si fuera algo malo —dijo Brooke en broma—. Pero tampoco es que tú pases apuros económicos.

Se había encargado de mis impuestos, por lo que sabía cuál era el estado de mis cuentas. No estaba arruinado, ni mucho menos, y aunque no era un multimillonario, tenía una importante cantidad repartida entre inversiones y las cuentas de mi empresa de equipos de seguridad que había patentado cuando aún trabajaba como especialista de efectos especiales en Hollywood.

—Pero no soy un Sinclair —repliqué.

—¿Y eso qué importa? —dijo Brooke—. Nadas en la abundancia.

Era cierto, pero yo nunca le había concedido una importancia excesiva al dinero. Tras la muerte de mis padres, y cuando mi hermana Tessa enfermó y perdió el oído, mi principal objetivo fue ahorrar dinero. Quería asegurarme de que tuviera a su disposición los mejores médicos del país. Pero después de casarse con Micah y de recuperar la audición, el dinero empezó a generar más dinero. Y yo tenía la vida con la que siempre había soñado, por lo que apenas gastaba.

Me encogí de hombros.

—No me importa mucho el dinero.

—Te encanta el restaurante —me dijo.

—Supongo que sí. No sabía que dirigir el Sullivan's se convertiría en mi sueño hasta que volví a casa. Será que llevo los sándwiches de langosta en la sangre.

—Los mejores sándwiches de langosta de la Costa Este —me recordó—. Y los filetes tampoco están nada mal.

—Eso espero —le dije—. Porque si no, me he dejado un montón de horas para acabar comprando una ternera que no vale nada.

Me enorgullecía de tener los mejores filetes del mercado. Había invertido muchas horas para encontrarlos.

—Podrías haberte dedicado a tomar el sol en la playa y vivir de rentas —señaló—. Pero no lo hiciste.

—Creo que no sabría dejar de trabajar —admití.

—¿Porque quieres que tu vida tenga sentido? —preguntó.

—En realidad nunca lo había pensado. El Sullivan's es un local icónico. Ha sido propiedad de nuestra familia durante varias generaciones.

—Y eso es algo digno de admiración —afirmó Brooke con sinceridad—. Siempre te esfuerzas por mejorar el restaurante, cuando podrías haber contratado a un gerente y no pisar nunca el local.

—En eso nos parecemos mucho —admití a regañadientes—. Tú también podrías haberte limitado a ser una empleada del montón, en lugar de entregarte en cuerpo y alma al trabajo. La mayoría de los adolescentes que contrato hacen lo mínimo imprescindible para salir del paso y ya está.

Me di cuenta de que se estremecía al oír mis palabras.

—No soy una adolescente, Liam. Tengo veintiséis años y nunca me he comportado como una niña. Nuestra familia era pobre.

Todos los hermanos aprendimos a arrimar el hombro desde pequeños para que no nos separasen. Nos hicimos adultos mucho antes
que los demás niños.

Debía admitir que nunca le había dado demasiada importancia
a la diferencia de edad que existía entre ambos, aunque había intentado aprovechar esos nueve años que nos separaban para alejarme
de ella. Qué diablos, había intentado mantener las distancias por
todos los medios.

—¿Estás segura de que quieres irte? —le pregunté de forma
algo brusca—. Puedo ofrecerte un cargo de más responsabilidad con
mejor sueldo.

—Considero que ya tengo un sueldo decente —me aseguró—.
Me gano muy bien la vida para ser camarera.

—Eres algo más que eso, y lo sabes. Dominas todos los aspectos
del negocio, como yo.

Bajó del mostrador.

—Es una oferta muy considerada, pero no creo que me cueste
mucho encontrar trabajo en California. No tengo ningún motivo
para quedarme.

Pensé en lo que acababa de decirme. No tenía amigas en
Amesport porque no había llegado a trabar una relación estrecha
con nadie. Yo era un hombre muy celoso de mi intimidad, pero
Brooke llevaba una vida recluida que me resultaba casi insoportable.
Podía estar en una sala llena de gente y quedarse sola en un rincón
porque no estaba acostumbrada a hablar de sí misma.

—Lo siento, Brooke. Debería haber sido mejor amigo.

Ella esbozó una sonrisa.

—No pasa nada. Entiendo que no pudiéramos serlo.

Se dirigió hacia la puerta.

—¿Adónde vas? —le pregunté.

—A mi apartamento. Quiero limpiarlo y vestirme para mi
turno.

Ahora que se iba, no soportaba la idea de separarme de ella.

Salió del restaurante y cerró la puerta.

Me dieron ganas de salir corriendo tras ella, pero ¿qué diablos iba a decirle?

No podía confesarle lo solo que me sentiría en Amesport sin su presencia constante.

El aire se enrareció, un funesto presagio de lo que estaba a punto de ocurrir.

Cuando se fue, reinó un silencio abrumador e insoportable.

Mientras me preparaba para abrir el restaurante, me dije a mí mismo que no me quedaba más remedio que acostumbrarme a la nueva situación.

Brooke iba a volver a California y yo tendría que habituarme a la soledad.

Capítulo 3

Brooke

—Quería agradecerte todo lo que has hecho por mí —le dije a Evan Sinclair esa misma noche, mientras tomábamos un café en el Brew Magic, uno de los locales más conocidos de Amesport.

Lo había llamado porque quería hablar con él para darle las gracias en persona por ofrecerme la posibilidad de huir de California durante una temporada.

Enarcó una ceja con un gesto arrogante.

—¿Estás segura de que estás preparada para irte?

Ya me había acostumbrado a la actitud destemplada de Evan. Nunca se andaba con rodeos. Sin embargo, a pesar de la imagen algo distante que transmitía, sabía que tenía un buen corazón. ¿Qué otro magnate se habría tomado la molestia de ayudar a una mujer normal como yo?

Asentí y tomé un sorbo de café. Sabía que echaría mucho de menos el Brew Magic. En California había buen café, pero esta cafetería en concreto podía obrar auténticos milagros a la hora de proporcionar a sus clientes la dosis de cafeína que necesitaban.

—Estoy preparada, sí. Tengo que volver a mi vida normal, encontrar un trabajo y recuperar una rutina.

Durante casi un año había intentado dejar atrás las secuelas de un incidente devastador. Ahora sabía que había llegado el momento de seguir adelante.

—Puedo ayudarte a encontrar trabajo —dijo Evan.

—No te preocupes. Tengo experiencia. No creo que me cueste demasiado dar con una oferta interesante.

—Si lo necesitas, cuenta con mis contactos.

Casi me atraganté. Evan Sinclair tenía más y mejores contactos que casi cualquier otra persona del planeta.

—Te lo agradezco.

—No hay de qué.

Lo miré y supe que no lo decía para quedar bien. No me cabía ninguna duda de que si necesitaba su ayuda, me echaría una mano de inmediato.

—Me quedaré dos semanas más. Se lo he prometido a Liam para que pueda encontrar a alguien que me sustituya.

Asintió.

—Bien. A lo mejor podrías venir a cenar una noche antes de que te vayas. A Miranda le encantaría.

Lo miré fijamente.

—Eres muy amable, pero estoy segura de que tienes la agenda muy ocupada.

No quería molestarlo más. Era el amigo de Noah y ya había hecho suficiente por mí.

—No es ninguna molestia —insistió.

—De acuerdo. Pues será un placer.

Ahora que no me veía obligada a ocultar mi pasado, tenía ganas de volver a ser yo misma. En circunstancias normales no me costaba hacer amigos.

Evan dejó el café en la mesa antes de preguntar:

—¿Qué opina Liam de tu marcha?

Lo miré algo sorprendida.

—Le parece bien. Siempre ha sabido que era algo temporal, ¿no?

Evan asintió con un gesto firme.

—Sí, pero Xander me dio a entender que parecía... que se había encariñado mucho contigo.

—¿Xander dijo eso?

Sabía que Liam era amigo del primo menor de Evan, pero no acertaba a imaginar cómo había surgido mi nombre en una conversación entre ambos.

—Así es. También se aventuró a decir que Liam no se atrevería a correr el riesgo de dejarte marchar de Amesport.

—Tampoco puede impedirlo. Soy mayor de edad y no es mi padre.

De hecho, me habría sentido muy incómoda si lo fuera, porque desde que llegué a Amesport solo pensaba en acostarme con él. Y no me atraía para nada la fantasía del rollo padre-hija.

—Creo que te echará de menos, pero tiene mucho dinero. Podría ofrecerte su avión para que volvieras, o utilizarlo para ir a verte a California.

Se me escapó la risa.

—Liam no se tomará tantas molestias para mantener el contacto. Creo que a veces se siente incómodo cuando está conmigo.

Evan hizo una mueca.

—Esa incomodidad no es siempre sinónimo de que no le interses. Yo mismo, cuando conocí a Miranda, me sentía muy incómodo en su presencia.

—¿Por qué?

—A algunos hombres les gusta tener el control de la situación y cuando conocemos a alguien que nos abruma, no siempre resulta fácil.

—¿Me estás diciendo que tu mujer hace que te comportes de un modo irracional?

—Por desgracia, sí. Pero no cambiaría esa sensación por renunciar a ella. De vez en cuando, necesito una buena sacudida. Y creo que a Liam también le vendría de fábula.

Era gracioso pensar que la adorable mujer de Evan podía dominar a su antojo a un hombre tan poderoso como él.

—Pues que sepas que a Liam no le interesa.

—¿Cómo estás tan segura?

Guardé silencio durante un rato antes de confesar:

—Se lo pregunté hace unos meses. Admitió que se sentía atraído por mí, pero no tomó la iniciativa en ningún momento.

—Interesante —murmuró Evan.

—No fue «interesante» —repliqué—. Es más, fue bastante humillante. Cree que es demasiado mayor para mí y me trata como a una niña. Además, está convencido de que tengo novio.

Evan enarcó las cejas.

—¿Es cierto?

—Claro que no. Me gustaría pensar que si tuviera pareja, habría insistido en que volviera a California mucho antes.

—Entonces, ¿por qué no le has contado la verdad?

Lancé un suspiro compungido.

—Es complicado.

—Tengo buena mano para los temas complicados —insistió.

—La primera vez que trajiste a Noah en uno de tus aviones, Liam me vio con él. Y como no podía contarle la verdad, él se montó su propia historia. Y ahora cree que tengo un novio multimillonario.

—Eso no tiene nada de malo. El dinero te hace la vida muy fácil.

—Y también muy complicada —repliqué.

Evan se encogió de hombros.

—Tal vez. Pero es la única vida que conozco. Seguro que Liam no le ve ningún inconveniente a ser rico. A él tampoco le van nada mal las cosas.

Asentí.

—Lo sé, le he hecho los impuestos.

—Pero aún no entiendo por qué no le dices la verdad ahora.

Me había planteado esa misma cuestión varias veces. Sí, seguro que Liam se sentiría mucho mejor si supiera que no estaba enamorada de otro porque sabía que yo también sentía algo por él.

—Porque entonces sabrá que le mentí —respondí con un deje de tristeza.

—Solo es una mentira porque nunca dijiste nada para sacarlo de su error.

—No, Evan. Le mentí. Cuando me hizo preguntas, le mentí.

Tomó otro sorbo de café y añadió:

—Hace un tiempo vino a verme y me hizo varias preguntas. Creo que fue cuando pensó que había un hombre en tu vida. Me amenazó con despedirte si no le contaba el auténtico motivo que te había traído hasta Maine.

Lo miré fijamente.

—¿De verdad? ¿Por qué no me dijiste nada?

—Porque sabía que era incapaz de despedirte aunque no le contara nada, que fue lo que pasó.

—¿Y si me hubiera echado?

—Pues te habría buscado trabajo en otro lugar. Pero sabía que no sería necesario. Liam tiene un sentido de la dignidad innato. Jamás te habría echado después de todo lo que has hecho por él —dijo con retintín.

—¿Y qué es lo que quería saber?

Todavía me costaba creer que Liam hubiera ido a ver a Evan para saber la verdad.

—Todo —afirmó—. Pero no me correspondía a mí responder a sus preguntas. Supuse que le contarías hasta donde quisieras.

—Lo he pensado muchas veces —admití—, pero os prometí a Noah y a ti que no diría nada.

—Ahora nada te lo impide. Vas a volver a casa y ya no necesitas ocultarte más.

—Creo que ya es demasiado tarde para eso —confesé—. No ha vuelto a hablar de lo que siente por mí y me trata como a una adolescente.

—¿Y cómo te sientes?

—Mal —respondí con tristeza—. Haga lo que haga no puedo ganar. O me despreciará por sentirme atraída por él cuando estaba con otra persona, o me odiaré por haberle mentido. Tengo todas las de perder. Pero da igual. Vuelvo a casa, así que no tendré que volver a verlo.

Sentí una punzada de dolor en el pecho al pronunciar unas palabras que no quería decir.

Que no volvería a ver a Liam.

Evan se reclinó en la silla.

—En los negocios, no existen este tipo de situaciones en las que solo puedes perder —afirmó—. Como mucho, lo que sucede es que no puedes ver el lado positivo de las cosas.

Apuré el café antes de decirle:

—Yo no hablaba de negocios, y te aseguro que esta situación no tiene ningún lado positivo, Evan. Dejé pasar la oportunidad para decir la verdad y ahora ya no hay vuelta atrás. La relación que mantenemos Liam y yo es estrictamente profesional. Estoy segura de que ya no siente nada por mí.

—¿Y tú ya no sientes nada por él? —insistió sin compasión.

Dios, ahora entendía por qué Evan había tenido tanto éxito en los negocios. Yo me sentía muy incómoda porque se comportaba como si estuviera examinándome bajo un microscopio después de haberme diseccionado. Y se suponía que debía apoyarme. No soportaba ser su enemiga.

—No —mentí, pero entonces recordé que no soportaba hacerlo y me desdije—. Sí.

Evan esbozó una sonrisa burlona.

—No puedes responder sí y no.

—Vale, aún siento algo por él —le solté, exasperada—. No he dejado de sentirme atraída, pero también sé que no tiene sentido aspirar a algo inalcanzable. Estaré bien cuando vuelva a casa y recupere mi vida normal. Liam solo ha sido una fantasía. A lo mejor estaba aburrida, quién sabe. Quizá echaba de menos a mi familia y mis amigos. Fuera cual fuera la causa de esas emociones sin sentido, volveré a la normalidad en cuanto regrese a la Costa Oeste.

—¿Y si eso no ocurre?

Lo fulminé con la mirada.

—En ese caso estaré bien jodida —le solté al final, harta de su interminable interrogatorio.

Empezaba a sentirme como la testigo principal del abogado de la defensa en un juicio por homicidio.

Evan mantenía una actitud relajada, pero adoptó un semblante serio.

—No tiene por qué ser así, Brooke. Podrías contárselo todo. Lo que hiciste no tiene nada de vergonzoso. Si mentiste, fue porque no te quedaba más remedio. Creo que Liam lo comprenderá.

—Pues yo pienso que no. —Evan no tenía ni idea de lo tensa que había sido mi relación con Liam—. Solo quiero irme a casa, por favor.

—Tú decides —afirmó—. Pero puedo decirte por experiencia que la vida real también tiene sus ventajas. No importan solo los negocios. Aunque, por desgracia, a veces tienes que dejarte la piel para ver el lado positivo de las cosas.

Nuestra conversación cambió de rumbo y para mí fue un alivio que dejáramos de hablar de Liam. Resultaba demasiado doloroso preguntarse qué habría podido ocurrir entre nosotros si yo solo hubiera sido una empleada, y no una pretendiente.

Pero sabía que las mentiras que había contado me impedirían averiguar lo que podría haber pasado entre Liam y yo si todo hubiese sido distinto.

«No le des más vueltas al asunto. Aguanta estas dos semanas como sea», pensé.

La situación no iba a cambiar y ya no tenía sentido pensar en lo que podría haber sido.

Debía enfrentarme a la realidad.

A veces, el mundo real era una auténtica porquería.

Capítulo 4

Brooke

Cuando salí del Brew Magic, me llevé una alegría al ver que la pequeña tienda de dulces de Main Street aún estaba abierta, y entré. Solo había una persona y la reconocí de inmediato.

—Hola, Tessa —la saludé con cordialidad.

No conocía demasiado a la hermana de Liam, pero siempre había sido muy amable conmigo cuando coincidíamos en algún lugar o cuando hacía alguna sustitución en el restaurante.

Tessa, que tenía una preciosa melena rubia, volvió la cabeza. Levantó la vista de la caja y me saludó.

—Brooke —dijo con una amplia sonrisa—. ¡Me alegro de verte! ¿También vienes a saciar algún antojo a estas horas de la noche?

Le devolví la sonrisa.

—Yo más bien diría que vengo a alimentar mi obsesión. Me encanta el caramelo de almendras. Por favor, dime que has comprado la última bolsa, así no podré llevármela a casa.

Se rio y me dedicó una mirada maliciosa.

—Lo siento, he comprado un poco, pero aún queda media bandeja.

Y yo que estaba preocupada por no conseguir mi dosis. Tanto dulce se me acumulaba en las caderas, pero no pude resistir la tentación de comprar un poco aprovechando que la tienda estaba abierta.

—Soy un caso perdido. No me quedará más remedio que hacer más ejercicio.

La pequeña tienda estaba inundada por el aroma embriagador del chocolate y la boca ya se me hacía agua.

—Creo que puedes permitirte esas calorías extra —respondió Tessa—. Yo no debería, pero Micah y yo salimos a correr a menudo, así que no creo que sea tan grave.

—Por cierto, ¿dónde está Micah? —pregunté. Su atractivo marido no solía separarse de ella.

—Tiene un acto en Carolina del Norte y pasará la noche allí. Su empresa celebra la fiesta anual de deportes extremos.

Cuando Tessa pagó, le dije al dependiente lo que quería. Creía que Tessa se iría cuando hubiera acabado, pero esperó a que yo terminara de pedir y dijo:

—Antes he visto a Liam en el restaurante. Me ha comentado que querías irte.

Lancé un suspiro. En Amesport las noticias se propagaban a la velocidad de la luz.

—No es que quiera irme, sino que debo regresar a la vida que dejé atrás en California. Siempre lo he considerado un trabajo temporal.

Tessa asintió con la cabeza.

—Liam me lo ha contado todo esta noche. Ojalá pudieras quedarte. Él ha sido mucho más feliz desde que estás aquí.

Sonreí.

—¿Me estás diciendo que el que he conocido es el Liam alegre?

—Sé que parece raro, pero mi hermano siempre ha sido un hombre reservado. Nunca le ha gustado llevar la voz cantante.

—Me lo creo.

—Conmigo tampoco creas que se sincera demasiado —confesó Tessa—. Quizá porque siempre ha considerado que debía cuidar de mí, primero por ser la pequeña, y luego por ser además sorda.

—Sé lo que se siente al tener un hermano mayor —le dije—. Tengo tres.

Negó con la cabeza y me lanzó una mirada de compasión.

—No me imagino lo que es tener tres hermanos mayores. Con Liam me llega y me sobra.

Noah, Seth y Aiden no eran tan intensos como Liam, pero Jade y yo habíamos tenido que soportar que los demás intentaran dirigirnos la vida a su antojo.

—No siempre es tan insoportable —dije—. Al menos puedo contar con alguien que puede repararme el coche cuando lo necesito. Los tres tienen bastante maña para la mecánica.

—Pues ya es algo —afirmó con cierto recelo, como si le pareciera la idea más mala del mundo vivir rodeada de tres hermanos tan mandones—. ¿Cuándo te vas?

—Acabo de comunicárselo a Liam. Tiene dos semanas para encontrar a alguien que me sustituya.

—Yo puedo hacer alguna sustitución, pero sé que te echará de menos. Creo que ni él mismo se da cuenta de lo mucho que habla de ti.

—¿Ah, sí? —afirmé, sorprendida—. Pero si apenas me dirige la palabra.

Me observó fijamente, lo que me hizo sentir algo incómoda, pero se apresuró a añadir:

—Siempre he tenido la esperanza de que llegarais a conectar.

Me encogí de hombros.

—Creo que a Liam no le interesaba demasiado esa opción.

No tenía ningún sentido seguir andándome con rodeos. Total, no tardaría demasiado en irme de Amesport.

—Sé de buena tinta que le gustas —replicó—; no me explico por qué no ha intentado nada.

Yo conocía el motivo, pero no quería contárselo a Tessa. Era obvio que Liam no le había hablado de la existencia de mi supuesto novio.

—Al final no surgió —dije sin entrar en demasiados detalles—. Supongo que es mejor así, porque mi vida está en la otra costa del país.

Tessa cambió de tema mientras yo pagaba mi dulce antojo.

—Te he visto en la cafetería con Evan.

—Somos amigos —me apresuré a decir—. Conoce a mi hermano mayor, Noah.

Lo último que se le pasaría por la cabeza a cualquiera que nos hubiera visto era que Evan pudiera desear a otra persona que no fuera su mujer, Miranda, a la que adoraba con pasión. Pero aun así prefería aclararlo todo desde un principio.

Tessa puso los ojos en blanco.

—Lo sé. Evan daría su vida por Randi. No es necesario que te justifiques por haber tomado un café con él. Se os veía muy cómodos, pero sé que él tampoco es muy hablador, como Liam.

—Habla cuando le parece necesario —afirmé, pensando en el interrogatorio al que me había sometido sobre Liam.

—Como la mayoría de los hombres —dijo Tessa con una sonrisa—. Mira, Brooke, sé que te irás dentro de poco, pero si necesitas hablar con alguien, se me da bien escuchar. Ojalá hubiéramos tenido más tiempo para conocernos, pero es verdad que el restaurante no nos ha dado ni un respiro.

—Gracias —respondí mientras tomaba la bolsa que me ofrecía el dependiente—. Creo que estoy bien. Solo necesitaba algo de tiempo para mí misma, y eso es justamente lo que me ha ofrecido Amesport.

Una parte de mí se moría por confesárselo todo a Tessa, que era una de esas personas tan cariñosas que sentías la necesidad irreprimible de hacerte amiga suya. Pero como sabía que se lo diría a Liam, decidí no contarle nada.

—La oferta no caduca —insistió.

Tomé un trozo de galleta de la bolsa y me lo llevé a la boca. Tragué antes de responder:

—Gracias. De verdad que aprecio enormemente que nadie me insistiera más de la cuenta, porque no estaba preparada para hablar de lo que ocurrió en California.

Salimos juntas de la tienda, deleitándonos con las delicias de chocolate que habíamos comprado.

—¿Quieres que te lleve? —se ofreció.

—No es necesario, vivo a pocas manzanas de aquí.

Tenía un apartamento diminuto de una sola habitación, amueblado, muy cerca del centro. Estaba en una calle paralela a Main Street, con vistas a la parte posterior de las tiendas, pero aun así le estaba muy agradecida a Evan por haberse tomado la molestia de buscármelo. Y como estaba tan cerca de los comercios, podía ir a pie a todos lados.

—Espero que nos veamos pronto —dijo Tessa.

Me despedí con la mano mientras ella entraba en su vehículo. En ese momento lamenté no haber tenido la ocasión de conocerla mejor. Tessa también había vivido momentos muy duros. Estaba convencida de que era una amiga excepcional.

Eché a andar hacia mi apartamento. Estábamos en primavera, pero aún hacía frío en Maine. Yo llevaba una chaqueta fina, vaqueros y una camisa de manga larga, pero no hacía nada de calor. Me había acostumbrado a las gélidas temperaturas del invierno, pero me moría de ganas de disfrutar de un clima más cálido.

Ya veía mi apartamento cuando de repente apareció un brazo de la oscuridad que me agarró con fuerza y me provocó un susto de muerte.

—¿Qué diablos haces en la calle a estas horas de la noche?

Reconocí la voz antes de ver el cuerpo, que se situó bajo la tenue luz de las farolas.

—¿Liam?

—Son casi las once —gruñó.

Quise decirle que hasta los adolescentes tenían permiso para llegar más tarde a casa, pero se me quitaron las ganas en cuanto lo miré a los ojos.

Lucía un gesto adusto, pero sabía que era de preocupación.

Mientras pensaba en lo irracional de su comportamiento, se me partió el corazón.

—Tampoco es que haya salido de madrugada —repliqué con calma.

—Está oscuro —murmuró—. Es demasiado tarde para pasear con el frío que hace.

—Me iba para casa —le expliqué—. He salido a tomar un café con Evan en el Brew Magic y ya volvía.

—¿Por qué?

No salía de mi asombro. Liam se comportaba de un modo tan extraño que no sabía qué responder. Tardé unos segundos en reaccionar.

—Porque quería darle las gracias por ayudarme.

—Y porque te vas —añadió con un deje de tristeza.

—Sí, y porque me voy.

El silencio posterior se hizo eterno, hasta que Liam tomó de nuevo la palabra.

—Tienes frío. Déjame acompañarte al apartamento.

Estaba tan cerca que ya veía la portería.

—No te preocupes, no me pasará nada. Veo el apartamento desde aquí.

Señaló la entrada con la cabeza.

—Aun así te acompaño.

Eché a andar y Liam se adaptó a mi paso. Era inútil discutir con él. Estábamos a la intemperie, pasando frío, cuando ambos podríamos entrar en calor en solo unos minutos.

—¿Has salido ahora del restaurante?

En esta época del año el local solía cerrar en torno a las nueve, por lo que supuse que acababa de terminar el trabajo y me había visto caminando en la oscuridad.

—Hace unos minutos —confirmó.

Aunque sus palabras explicaban por qué estaba en la zona, yo seguía sin comprender por qué se había empeñado en acompañarme cuando ya estaba tan cerca de mi apartamento.

Era habitual, hasta cierto punto, que Liam se ocupara de que llegara sana y salva a casa. En los meses más cálidos, solía acompañarme a pie. En invierno, me llevaba en coche desde el restaurante hasta mi edificio a pesar de lo corto del trayecto. Siempre se había preocupado por mí. Sin embargo, hoy no tenía ningún sentido que me acompañara hasta la puerta, que estaba solo a unos metros del lugar donde habíamos coincidido.

—Gracias —murmuré cuando llegamos a la entrada de mi edificio.

—La próxima vez, llámame —me pidió—. Amesport es un lugar bastante seguro, pero en verano he visto a gente con pinta algo rara.

—Ahora no estamos en verano —le dije.

En comparación con California, aquella pequeña población de la costa de Maine me parecía el lugar más seguro del mundo.

—Tú llámame —insistió—. Te llevaré a donde quieras ir.

Asentí.

—¿Quieres subir?

Me pareció que era lo mínimo que podía hacer por él. Se lo había preguntado en otras ocasiones, pero siempre se había negado. Aun así, me dejé llevar por la costumbre.

—Sí, creo que sí —dijo con un tono algo extraño, como si le hubiera costado dar una respuesta distinta a la habitual.

—¿Te apetece un café? —le ofrecí mientras intentaba encontrar la llave de la portería.

—Creo que necesito un trago —respondió él.

Encontré la llave y la introduje en la cerradura antes de volverme y mirarlo. Liam no solía beber. Me había dicho que había salido tanto en su etapa californiana que ahora apenas probaba el alcohol. De hecho, desde que lo conocía, nunca lo había visto bebiendo.

—Tengo vino y cerveza.

Mi hermano había dejado las cervezas y el vino era mío. De vez en cuando necesitaba una copa, sobre todo después de pasar toda la noche con Liam en el restaurante.

—Me vale.

Abrí la puerta y entramos en el vestíbulo del edificio. Reinaba un silencio absoluto. No había cámaras de seguridad, pero tampoco eran necesarias.

«Esto es muy incómodo», pensé.

En el trabajo pasábamos largos ratos a solas, pero el hecho de dejarlo entrar en mi vida privada era algo muy distinto.

Tomamos el ascensor y subimos a la segunda planta en silencio. Cuando por fin se abrieron las puertas, no pude contenerme más.

—¿Por qué has decidido subir justamente hoy?

Se lo había ofrecido cientos de veces y nunca había querido.

—Creo que tenemos que hablar.

Salió del ascensor sin decir nada más.

Lo seguí y lo conduje hasta la puerta de mi apartamento.

No quería volver a hablar de mi marcha, pero mucho me temía que no iba a quedarme más remedio.

Capítulo 5

Mi apartamento parecía aún más pequeño con Liam dentro. Y no era por su corpulencia, aunque era un hombre fornido. Me dio la impresión de que su mera presencia consumía hasta la última gota de oxígeno, porque me costaba respirar.

Le dije que se pusiera cómodo en la sala de estar mientras yo preparaba las bebidas. Cuando entré en la cocina, pulsé automáticamente el botón para escuchar los mensajes que me habían dejado. Solo había uno:

«Sé que volverás dentro de poco, pero supongo que solo quería oír tu voz. Tengo muchas ganas de que vuelvas a California. Hablamos luego. Te quiero, Brooke».

Escuché el mensaje de Noah con una sonrisa en los labios. Echaba de menos a mi familia, tanto que hasta tenía ganas de ver a los pesados de mis hermanos.

Llevaba las bebidas en la mano cuando me volví para regresar a la sala de estar, pero no llegué muy lejos. Liam estaba en el umbral de la cocina y no parecía muy feliz.

—No te quiere y tú a él tampoco —me soltó con brusquedad.

Pasé junto a él y me siguió hasta la sala de estar. Le di la cerveza y entonces respondí a sus palabras:

—Lo quiero. Y mucho.

Había oído el mensaje de Noah y había dado por supuesto que era el novio que no existía.

—¿Cómo demonios es posible que tenga a una mujer como tú y no sienta la imperiosa necesidad de verla cada día?

Liam se había sentado en una punta del sofá, y yo en la otra.

—No me tiene.

Me miró bruscamente.

—¿Me estás diciendo que vas a romper con él?

Sonreí.

—Por desgracia, no creo que sea posible.

Mis hermanos me habían sacado de quicio en no pocas ocasiones, pero éramos una familia, por lo que no me quedaba más remedio que aguantarlos o echarlos de mi vida. Y como tenían alguna que otra cualidad, había decidido pasar por alto sus tonterías.

—¿Por qué? Si no lo quieres y él no te quiere, sería mejor dejarlo.

—No puedo dejar a mi hermano —le revelé y tomé un buen sorbo del merlot que me había servido.

—¿El del mensaje era tu hermano?

Asentí.

—Noah. El mayor.

Puso cara de alivio y añadió:

—Lo siento, supongo que no estoy acostumbrado a la idea de que tengas hermanos.

—Creo que yo tampoco —dije en broma—. Y eso que lo son desde hace veintiséis años. Noah es muy protector porque nos crio a todos, pero no hay forma de convencerlo de que ahora ya somos todos adultos.

Se bebió de un trago la mitad de la cerveza que le había dado antes de añadir:

—No podrá desprenderse de su instinto de protección. Tessa está casada y a veces aún me pueden las ganas de decirle lo que debería hacer. Es superior a mí.

—Yo quiero a mi hermano. Se entregó en cuerpo y alma a la familia cuando apenas era un adulto.

—Hizo lo que debía para manteneros unidos, lo cual merece todo mi respeto.

—Pero ¿creías que era mi novio?

Asintió.

—Así es. Pero a pesar de todo aún puedes romper con tu novio.

—No puedo.

¿Cómo iba a romper con un chico que solo existía en su imaginación?

—Te ha dejado sola todo el año y solo ha venido a verte unas pocas veces. Y nunca se ha quedado más de un día o dos. Si de verdad te quisiera, estaría aquí, a tu lado.

Era conmovedor. Liam quería ayudarme y yo no podía pasar por alto el hecho de que le preocupara tanto mi felicidad.

—Si te encontraras en la misma situación, ¿habrías dejado toda tu vida por una mujer?

—Si fuera la mujer de mi vida, sí.

Por extraño que pudiera parecer, lo creía. Liam era un hombre de una lealtad inquebrantable hacia la gente que de verdad le preocupaba.

—No hay muchos chicos dispuestos a hacer un sacrificio así —le dije.

—¡Y una mierda! Pues yo no conozco a muchos chicos que no estuvieran dispuestos a hacerlo.

Tomó un buen trago de cerveza.

Yo conocía a muchos hombres que no hubieran abandonado su vida para seguir a una mujer, aunque tuvieran una relación formal.

Sin embargo, parecía que Liam se relacionaba con hombres que tenían muy claras cuáles eran sus prioridades.

Preferí cambiar de tema antes que contarle una mentira.

—¿De qué querías hablar?

—Quería intentar convencerte de que te quedaras, pero después de escuchar el mensaje de tu hermano, sé que no podré. Y está claro que tampoco podré convencerte de que dejes al inútil de tu novio. —Hizo una pausa antes de añadir—: Pero no puedo quedarme de brazos cruzados y permitir que te marches sin más.

Tomó otro sorbo de vino.

—¿Por qué tienes tantas ganas de que me quede? Me dijiste que no podíamos ser amigos. Y no has vuelto a hablar de lo que sentíamos el uno por el otro. Francamente, me cuesta creer que todo esto tenga que ver solo con el restaurante.

—Y aciertas —confirmó—. No tiene nada que ver con el Sullivan's.

El corazón me dio un vuelco.

—Entonces, ¿con qué tiene que ver?

—Con que no quiero que te vayas.

—¿Por qué? —Necesitaba saber su respuesta en ese momento.

—Porque nunca he dejado de sentirme atraído por ti, Brooke. Pero me niego a entrometerme en la relación de otra persona. Cada vez que te veo… me la pones dura, pero no puedo dar el paso.

Me quedé mirando a Liam, que se levantó y se llevó mi copa. Se fue a la cocina y lo seguí. Me apoyé en la encimera mientras él abría otra cerveza y a continuación me llenaba la copa casi hasta el borde.

La dejó ante mí, tomó un sorbo de cerveza y tiró la botella vacía.

Levanté la copa de vino y bebí. No sabía qué decir. Su mera presencia aún despertaba mis más bajas pasiones. De hecho, la situación había empeorado con el paso del tiempo y era uno de los principales motivos por los que había tomado la decisión de irme. No podría soportar muchas noches más de soledad, masturbándome pensando en él. Se había convertido en una costumbre casi dolorosa y sabía de sobra que era algo triste.

—No creo que la química vaya a desaparecer nunca.

Debía ser sincera con él. Se lo debía.

Ahora fui yo la que tomó un buen trago de vino para intentar aplacar los nervios.

Liam apuró la cerveza y la tiró en el cubo de la basura antes de acercarse hasta mí.

—Ya lo creo que no —admitió—. Entonces, ¿qué vamos a hacer al respecto?

Yo tenía la copa casi vacía, así que la dejé a un lado y lo miré a los ojos. Estaba muy cerca, tanto, que sentía su cálido aliento en el rostro.

—No vamos a hacer nada —le solté—. ¿Qué quieres que hagamos? Yo confío en que se me pasará cuando vuelva a California. Y tú te olvidarás de mí al cabo de un tiempo.

—Vuelve a intentarlo, Brooke —me desafió—. Llevo casi un año con una erección constante. Lo único que tengo que hacer es pensar en ti.

Sus palabras me dejaron boquiabierta, pero poco me importaba. Me pregunté si él también se masturbaba como yo, cada noche al acostarse, en busca de un orgasmo siempre decepcionante, porque en realidad lo que quería era estar conmigo. Eso era lo que me ocurría a mí.

—Me masturbo pensando en ti —le dije.

Yo misma se lo había confesado cuando ambos admitimos la atracción que sentíamos por el otro. Fue la única vez que me había sincerado con él y, con el tiempo, me había salido el tiro por la culata. Desde entonces no había vuelto a confesarle nada.

—Sí, me lo dijiste. Yo también lo hago —admitió con voz grave—. No sé tú, pero yo estoy harto de esta situación. No sé qué tipo de compromiso tienes con ese chico de California, pero sé que no lo amas. Es imposible si de verdad te sientes atraída por mí. Te conozco desde hace demasiado para saber que eso no va contigo.

Me sentía algo mareada por las dos copas de vino que había bebido y estaba dispuesta a abrirle mi corazón. Quizá nunca nos habíamos acostado, pero eso no me impedía confesarle lo que pensaba.

Asentí.

—Esto empieza a resultar doloroso y ese es uno de los motivos por los que quiero irme.

Liam me miraba fijamente con sus ojos verdes e intensos. Lo abracé del cuello. Al diablo con mis inhibiciones. Quería saber lo que se sentía al hacer el amor con un hombre que me deseaba de verdad.

Esa era mi oportunidad.

Al cabo de dos semanas nuestros caminos se separarían y él era el único capaz de excitarme tanto.

Cerré los ojos y le acaricié la espalda con la yema de los dedos. Se había quitado la chaqueta y nada me impedía palpar su piel desnuda.

Le levanté la camiseta y lancé un gemido al sentir una descarga cuando le toqué la espalda.

—Esto supera todas las fantasías que he tenido —murmuré entre jadeos.

Cuando retrocedió, me temí lo peor, pero por suerte lo hizo solo para quitársela y tirarla al suelo.

—Tócame, Brooke. ¡Hace tanto tiempo que te deseo!

Los ojos se me salieron de las órbitas al apreciar su espectacular físico. Tenía un cuerpo perfecto, nunca había visto algo tan bonito, y noté que me fallaban las rodillas solo de ver su torso desnudo.

Tenía el pelo algo alborotado después de quitarse la camiseta, pero aun así estaba guapísimo. Su cuerpo era digno de un dios heleno. Estiré el brazo y deslicé las manos por sus pectorales hasta sus abdominales, cincelados en mármol. Seguí con la punta del dedo la estela de vello que desaparecía bajo la cinturilla de los pantalones y me estremecí. Tenía la piel suave, pero notaba el entramado de músculos tonificados que se ocultaban debajo.

A pesar de que hacía muy poco que habíamos dejado atrás los meses de invierno, Liam lucía un leve bronceado, un color natural en él.

—Eres perfecto —dije casi sin darme cuenta.

—Soy de todo menos perfecto —gruñó apretando los dientes, señal inequívoca de que intentaba reprimirse.

—Esto no formaba parte de mis fantasías —dije, tocándole los tatuajes del pecho. En un lado tenía un corazón roto con alas de ángel. En el otro había una imagen grande de un dragón feroz que parecía a punto de saltar de su piel para atacarme.

Me tomó la mano y se la llevó al corazón.

—Me lo hice por mis padres tras su muerte. —Me acercó la palma de la mano hasta el dragón—. Y este cuando enfermó Tessa. Quería algo que fuera un símbolo de fuerza, porque sabía que ambos íbamos a necesitarla.

Yo observaba sus tatuajes embelesada, acaso porque nunca me hubiera imaginado que Liam fuera uno de esos chicos aficionado a tatuarse. Sin embargo, se había hecho los dos por amor a su familia, un gesto que me parecía extraordinario.

—¿Te dolió?

—No tanto como el motivo que me llevó a hacérmelos. Supongo que necesitaba cerrar de algún modo las heridas que me había provocado la muerte de mis padres. Y cuando Tessa enfermó, tuve que buscar una forma de salir adelante.

—Son preciosos —dije y tracé el perfil del dragón.

Deslicé las manos por su espalda desnuda, acariciándolo como sumida en una especie de trance. En ese momento, mi mundo entero giraba en torno al hombre que me abrazaba, y si estaba soñando, no quería despertarme. Sabía que lo que sentía no era producto del vino que había bebido, algo más que de costumbre. El causante de todo aquello era simplemente… Liam.

Lo miré en el instante en que me agarraba el dobladillo del suéter y levanté los brazos como si fuera el gesto más natural del mundo.

Él sentía la necesidad de desnudarse.

Yo sentía la necesidad de desnudarme.

Presa de la desesperación, ansiaba sentir el roce de su piel en la mía.

No opuse resistencia cuando me quitó el sujetador.

Quería lo que estaba sucediendo.

Lo quería a él.

Sentí una punzada de deseo entre las piernas cuando vi la mirada anhelante que me devoraba los pechos.

—¡Joder, Brooke! —exclamó y me los acarició—. No puedo creer que esto sea real.

Sabía perfectamente lo que quería decir, pero aun así le tomé un poco el pelo.

—Te aseguro que son cien por cien reales. No me va la cirugía plástica.

Siempre había creído que no había mejor opción que aceptar el ADN que me había concedido la naturaleza. Sin embargo, no podía reprimir los nervios ante la incertidumbre de si sería capaz de mantener el nivel de excitación de Liam cuando me viera desnuda.

Entonces me abrazó con fuerza y me atrajo hacia él, como si supiera exactamente lo que quería.

—Sí —murmuré al sentir el tacto de su cálida piel.

—¡Maldita sea! No aguantaré nada —gruñó.

—Entonces será mejor que nos entreguemos sin reservas para disfrutar del tiempo de que disponemos —contesté.

Liam me levantó la barbilla.

—No pienso irme hasta dejarte satisfecha —prometió.

Cerré los ojos cuando vi que inclinaba la cabeza y me besaba con una pasión que no había sentido jamás.

Me entregué a sus besos y a su fuerte abrazo, mientras mi corazón latía desbocado. Liam me besaba para recorrer hasta el último rincón de mi boca. Era exigente y yo no tenía ningún reparo en darle todo lo que quería, por lo que nuestras lenguas acabaron enzarzadas en una erótica danza del deseo.

Necesitaba desesperadamente sentirlo dentro de mí.

—Liam —gemí cuando por fin me dejó respirar de nuevo.

Levanté una mano para situarla entre los dos y la acerqué a su entrepierna.

La tenía dura como una piedra, y era toda para mí.

Entonces me agarró la mano y me la apartó.

—No. No quiero acabar antes de tiempo, como si fuera un adolescente a punto de perder la virginidad. Quiero que esto dure.

Yo también lo deseaba, pero mi cuerpo se adelantaba a las órdenes de mi cerebro. Quería llegar al orgasmo cuanto antes, me moría de ganas de estar con él.

—¿Qué puedo hacer?

—Puedes desnudarte —gruñó.

Entonces se apartó y acercó la mano al botón de mis pantalones.

Me los quité en un abrir y cerrar de ojos, ansiosa por satisfacer sus deseos.

Capítulo 6

Brooke

Nos despojamos del resto de la ropa en un auténtico frenesí. La dejamos caer al suelo. En ese momento lo último que nos preocupaba era lo que les pudiera ocurrir a nuestras prendas.

Todos los temores que se habían apoderado de mí se desvanecieron cuando vi la mirada de pasión y deseo de Liam al quedarnos desnudos.

El corazón me palpitaba tan fuerte que sentía los latidos que resonaban en mi pecho.

Lo miré y me di cuenta de que se estaba dejando llevar por la misma pasión que yo.

Sentí una punzada de urgencia en la entrepierna y noté que me mojaba en cuanto empecé a deleitarme la mirada con el cuerpo escultural que tenía ante mí. La uve perfectamente delineada que asomaba bajo sus abdominales parecía cincelada en mármol y señalaba el auténtico objeto de mi deseo. Como un cartel de neón que guía a un alcohólico al bar más cercano.

Y Dios… qué ganas tenía de beber.

Me acerqué para tocar el miembro descomunal y me temblaron las manos cuando entrelacé los dedos en torno al tronco.

Liam lanzó un gruñido y me agarró de la muñeca.

—Ni hablar, Brooke —dijo—. Ahora no.

Me sujetó de la cintura con un brazo y con la otra mano me agarró del pelo para que inclinara la cabeza hacia atrás.

—Siempre supe que sería así —dijo con voz grave. Sus ojos eran de un verde tan intenso que me dejó sin aliento.

Yo me sentía vulnerable. En ese instante, lo único que quería era transmitirle el deseo que se había apoderado de mí.

—Yo también lo sabía, pero quizá no fuera tan intenso.

No habría podido explicar lo que me estaba pasando aunque lo hubiera intentado. Pero siempre había sabido que si Liam me tocaba, si me tocaba de verdad, mis defensas no resistirían el embate del fuego que habría de consumir mi cuerpo en solo unos segundos.

Se inclinó hacia delante y me besó con tanta pasión que lo único que pude hacer fue entregarme con sumisión.

Ya no podía pararle los pies aunque lo hubiera intentado, algo que, por otra parte, tampoco pensaba hacer. Quería sentirlo, deleitarme con su sabor, gozar de todo el placer que era capaz de proporcionarme.

—Mía —gruñó cuando se apartó ligeramente—. Tenías que ser mía desde el principio.

Sus palabras no hicieron sino exacerbar mi instinto de posesión. Sabía exactamente lo que quería decir. Yo siempre había sentido lo mismo que él. Lo deseaba desde el momento en que lo vi.

Debería haberlo poseído desde nuestro primer encuentro, pero no fue así.

«Ahora sí que es mío», pensé.

Quizá estábamos destinados a separarnos al cabo de solo unos días, pero de momento, yo era suya. Y él era mío.

Incliné la cabeza hacia atrás mientras él se abría paso a besos, dejando una estela ardiente en mi cuello y me mordía el lóbulo de la oreja. También sentía los latigazos de su cálido aliento en la oreja, y me volví loca.

Sus manos se movían en un compás frenético por mi espalda, explorando mi piel, hasta que por fin llegó al trasero y me lo agarró con fuerza.

—Estas preciosas posaderas me han atormentado desde que te conozco —gruñó sin apartarse de mí.

Yo deslicé las manos hasta sus nalgas, pero no se las agarré con fuerza. Preferí acariciar sus músculos, recordando todas las veces que había anhelado sentir su tacto en el restaurante.

—Hazme el amor, Liam —susurré—. Te necesito.

Adoptó un gesto feroz y animal, como si fuera responsabilidad suya aliviar cualquier dolor que sintiera mi cuerpo.

—Quiero que esto dure, Brooke.

Lo agarré del pelo con desesperación. Siempre había querido acariciarle los rizos para averiguar si su tacto estaba a la altura de su aspecto tan atractivo. Y lancé un suspiro cuando entrelacé los dedos en sus mechones.

—Tú quieres que dure y yo quiero que empiece de una maldita vez antes de que me vuelva loca —dije con voz temblorosa.

Me levantó en volandas y me sentó en la encimera de la cocina, que tenía la altura ideal para que le rodeara la cintura con las piernas, algo que no dudé en hacer para sentirlo cerca de mí.

—Espera, Brooke —dijo mientras me acariciaba la parte interior de los muslos.

La osada incursión de su mano tuvo como premio el regalo de mis fluidos.

—¡Maldita sea! —gruñó entre jadeos por el esfuerzo titánico que estaba haciendo para contenerse—. Ya no aguanto más.

—No te reprimas —supliqué—. Te necesito ahora.

En cuanto noté las yemas de sus dedos en mi clítoris, toqué el cielo.

—Oh, Dios.

Cada vez que me acariciaba, me estremecía de gusto. Abrí las piernas para ponérselo fácil, porque mi cuerpo anhelaba una satisfacción inmediata.

—Quiero que llegues al orgasmo por mí, Brooke. Quiero verte. Debo verte.

Aquella escena libidinosa en la que él me observaba en mi estado más vulnerable no me asustó lo más mínimo. Al contrario, nunca había vivido algo tan erótico.

Me dejé arrastrar por el torbellino de sensaciones mientras las acometidas de sus dedos eran cada vez más intensas. Entregada a la excitación, el fuego de nuestra pasión me consumía.

Estaba sometida a un bombardeo de estímulos tan intensos que no pude contenerme más. El simple hecho de que me estuviera observando con una lujuria insaciable bastó para llevarme hasta el clímax.

Gracias a su rápida reacción, me selló los labios con su boca en el preciso instante en que el orgasmo me embistió con una fuerza aterradora.

—Déjate llevar, Brooke. Me tienes aquí —me susurró al oído.

Cerré los ojos entregada al orgasmo, que en ese instante había tomado el control de mi vida. Me sentía como si estuviera cayendo en un pozo infinito de placer.

Incapaz de articular sonidos coherentes, solo podía balbucear palabras sin sentido. No me quedó más remedio que entregarme al éxtasis más intenso que había sentido jamás, entre gemidos.

Arrastrada por el clímax del momento, solo podía jadear.

Cuando aún estaba intentando asimilar la intensidad de los últimos minutos, Liam me agarró de las nalgas con tanta fuerza que casi me hizo daño. Y antes de que pudiera reaccionar, me penetró.

—Sí —gemí—. ¡Sí!

Liam tenía una dotación excepcional, pero no sentí dolor alguno. Mi zona más secreta se adaptó a su miembro, y la sensación que me embargó cuando me la metió hasta el fondo fue tan increíble que, como había dicho Liam, quise que aquel momento durase eternamente.

En mi interior se libraba una batalla entre los sentimientos forjados por el vínculo que había establecido con él para que fuera eterno, y el deseo descarnado de que siguiera con sus acometidas para saciar mis instintos carnales.

Le rodeé la cintura con las piernas con fuerza para notarlo más cerca de mí. Ahora eran mis caderas las que entrechocaban con las suyas.

—Hasta el fondo —exigí. Sabía que mi cuerpo no podía conformarse con menos.

Me agarró del trasero y me atrajo hacia él con fuerza para sentir el contacto absoluto de nuestros cuerpos.

Liam salió de mí y me la volvió a clavar con fuerza. Debo admitir que mis músculos se estaban viendo sometidos a una tensión considerable para alojar a un hombre de su dotación, pero aunque sintiera alguna leve punzada de dolor, era un dolor delicioso.

—Sí. Más fuerte —insistí.

—Nena, si te doy con todas mis fuerzas, no lo aguantarás —me dijo con voz suave.

«Ya lo creo que sí», pensé. Nuestra reacción era descarnada y primitiva. Y yo sentía las mismas ansias de placer que él.

—Mas fuerte —lo animé.

—Prepárate. Y recuerda que me lo has pedido tú —me advirtió con un descaro que me excitó aún más.

Me encantaba la intensidad de este hombre. Era algo que no había sentido jamás, pero creaba adicción, tal vez porque yo estaba tan loca como él.

Yo ya me encontraba sin aliento mientras él me demostraba el descontrol que se había apoderado de nuestras vidas. Sabía que al día siguiente tendría varios moratones en las nalgas debido a la fuerza con la que me había agarrado, pero estaba dispuesta a soportar el dolor a cambio de la satisfacción que me producía que Liam me diera lo que quería, con todas sus fuerzas.

Ahora me embestía con una ferocidad animal desconocida para mí hasta entonces. Lo único que podía hacer era aferrarme a él con todas mis fuerzas, porque nuestros cuerpos estaban cubiertos de una fina capa de sudor que nos hacía resbalar mientras ambos nos preocupábamos únicamente de satisfacer nuestras necesidades más primarias.

Yo estaba entregada a él y sabía que él también se dejaba guiar por unos sentimientos que nada tenían que ver con lo racional.

—¡Liam! —grité cuando sentí que estaba a punto de alcanzar el segundo orgasmo.

Esta vez era distinto, y mucho más potente que el primero.

Cuando deslizó la mano entre ambos y empezó a estimularme el clítoris, estallé de nuevo.

Sentí un espasmo violento que provocó la contracción de mis músculos en torno a su miembro, que liberó su esencia dentro de mí.

No sé cuánto tiempo permanecimos abrazados, empapados en sudor. Formábamos un solo ser y resultaba imposible saber dónde acababa mi cuerpo y empezaba el de Liam. Poco a poco mi corazón recuperó un ritmo normal y ambos recobramos el aliento.

Estaba desnuda ante Liam y no me importaba. Le había mostrado todas mis emociones, pero me sentía segura entre sus posesivos brazos.

—En algún momento tendremos que movernos —dije aún sin aliento.

Él retrocedió un paso a regañadientes y yo, de forma involuntaria, le rodeé la cintura con más fuerza.

—No te vayas —le dije, por miedo a sentirme vulnerable de nuevo.

Liam me separó las piernas suavemente y me tomó en brazos.

—No voy a irme a ningún lado, cielo. Estoy aquí —afirmó con voz grave.

Apoyé la cabeza en su pecho, aliviada de que no fuera a separarse de mí.

—Bien —respondí con un sonoro gemido, un tono que nunca antes había empleado.

—¿Estás bien? —preguntó con un deje de duda.

No parecía muy seguro y me enamoró que fuera capaz de ser todo un macho alfa y, al cabo de unos segundos, adoptara el papel de amante atribulado.

Era una combinación irresistible.

Le dediqué la mejor de mis sonrisas.

—Nunca había estado mejor.

Una lenta sonrisa le iluminó el rostro y el corazón me dio un vuelco cuando vi su mirada maliciosa.

—¿Una ducha? —preguntó.

Nos miramos fijamente y me quedé de nuevo sin habla. Saltaba a la vista que Liam era insaciable, pero yo sabía que tendría que hacer un esfuerzo para aguantar su ritmo.

Habíamos tardado casi un año en llegar a este punto y sabía que no podría renunciar a él ahora que había probado las mieles de su pasión.

—Sí, por favor —respondí.

Ambos estábamos empapados en sudor y fluidos y una ducha era lo que más me apetecía.

Me llevó al baño y descubrí el partido que se le podía sacar a la ducha antes de que nos fuéramos a la cama.

Perdí la cuenta de las veces que nos despertamos el uno al otro, por culpa de nuestros cuerpos, que anhelaban una nueva ración del éxtasis que habíamos descubierto juntos.

No nos separamos durante toda la noche.

Por desgracia, cuando me desperté al amanecer, no había ni rastro de él

Capítulo 7

Liam

—Vaya cara tienes. No te vendría nada mal dormir un poco.

Levanté la cabeza y fulminé a Xander Sinclair con la mirada. A lo mejor tenía muy mal aspecto por lo poco que había dormido la noche anterior, pero no necesitaba que nadie me lo dijera a la cara.

Bastante mal humor tenía ya en el cuerpo.

Decidí no hacerle caso y tomé un sorbo de café, con la esperanza de que me sirviera de algo.

Xander se había convertido en un tipo madrugador, y cada vez coincidíamos más a la hora del desayuno. Y ese día no fue una excepción. Apareció mientras preparaba el café y al cabo de unas cuantas tazas aún no se había ido.

Dejar a Brooke justo antes del alba era lo más duro que había hecho en mi vida. Mi instinto me decía que no me separase de ella, pero sabía que todo sería distinto a la luz del día, y debía elegir un plan de acción.

—Tierra llamando a Liam. Regresa al planeta, por favor —dijo Xander con una sonrisita burlona.

Creo que Xander me caía mejor cuando estaba con el ánimo por los suelos. Desde que se había casado con Samantha, era demasiado feliz.

—Esta noche no he dormido demasiado —dije al final—, pero tampoco es algo raro en mí.

Xander negó con la cabeza.

—Y una mierda. Estás así desde que cierta camarera empezó a trabajar para ti. Lo que pasa es que hoy tienes aún peor aspecto de lo habitual.

Imposible llevarle la contraria. No podía dejar de pensar en Brooke y en el hecho de que tenía a un hombre en su vida. Pero no pensaba admitirlo ante aquel cabrón engreído que estaba a mi lado.

—Se va —le advertí.

Me lanzó una mirada de complicidad.

—De modo que eso es lo que te tiene en vela de noche. ¿Qué piensas hacer?

—¿Qué puedo hacer? Sigue teniendo a su novio y a toda su familia en California.

—Pues tendrás que convencerla de que se quede, tío —me aconsejó—. Llévatela a la cama y convéncela de que no estará en ningún lado como en Amesport.

—Ya lo he hecho —dije enfadado—. Y no ha cambiado nada.

Acostarme con ella y disfrutar de una de las mejores sesiones de sexo de mi vida solo había servido para confundirme aún más. Sí, había llegado al orgasmo. Varias veces. Sin embargo, en lugar de ayudarme, eso solo me había dejado con ganas de más. Una sola noche con Brooke había sido una experiencia mucho mejor de lo que imaginaba, pero ahora me atormentaba el hecho de que en breve ella se iría para estar con otro.

No sabía qué debía hacer ni cómo iba a reaccionar Brooke al cabo de unas horas. Esa misma mañana me había escabullido de su casa como un cobarde, por temor a no ver el mismo deseo en sus ojos que la noche anterior.

Estaba convencido de que se sentiría culpable por haberse acostado con otro. La conocía lo suficiente para saber que para ella no había sido una aventura sin más. No tenía ninguna duda.

—¿Qué pasó? —me preguntó Xander confundido.

No quería entrar en detalles de mi vida sexual con él.

—Nada. Nos acostamos y punto. Fin de la historia.

Xander me miró con recelo.

—Creo que todo ha cambiado. Ya no es una mera fantasía.

—¡Mierda! ¿Cómo diablos sabes cuáles son mis fantasías?

Xander me sacaba de quicio.

—He pasado por lo mismo, ¿recuerdas? Cuando tienes ese vínculo tan especial con la mujer adecuada, no puedes separarte de ella. Bueno, creo que yo no habría podido separarme de Sam aunque no hubiera existido ese vínculo, pero es obvio que el hecho de acostarte con Brooke lo ha cambiado todo para ti.

Gruñí.

—¿Ahora vas de consejero amoroso por la vida? ¿Solo porque tuviste la suerte de convencer a Sam para que se casara contigo?

—No fue una cuestión de suerte —me corrigió—. Sam me quiere.

—No entiendo por qué —respondí, bastante molesto—. Eres un auténtico pesado.

Xander sonrió.

—Te gusta que te dé consejos. Y lo sabes.

Lo fulminé con la mirada y me centré en la misión de ingerir la máxima cantidad de cafeína posible. Apuré el café de la taza y me levanté para servirme otro.

—Es algo puramente físico —le dije y me arrepentí de haberle confesado que me había acostado con Brooke. Cuando se lo proponía, Xander podía ser implacable.

—Si me lo hubieras dicho hace un año, te habría respondido que lo único que importaba era lo puramente físico. Pero ahora tengo a Sam y sé lo que significa desear más. Tienes que intentarlo o te arrepentirás para siempre. No dejarás de preguntarte qué podría haber pasado.

—¡Mierda! ¿Crees que no lo sé? Me gustaría pensar que ella sería más feliz quedándose aquí, pero tiene la vida montada en California.

Xander se puso en pie y se detuvo ante mí cuando me volví con otra taza de café.

—Mira, te lo digo en serio, no quiero ver cómo echas a perder tu vida. He visto cómo tratas a Brooke y sé que ella siente lo mismo por ti. No sé qué tipo de relación tiene con su novio, pero está claro que significas algo para ella. Tienes que convencerla para que se quede porque tu existencia será una mierda sin ella.

—No quiero que se quede porque la estoy obligando a vivir en Maine.

Lo que de verdad quería era que Brooke se quedara porque le apetecía estar allí… conmigo.

—Tú vives aquí. Ella quiere quedarse, te lo aseguro. Sé que siente lo mismo que tú. Ya sabes lo que dicen, es más fácil ver la paja en el ojo ajeno que la viga en el propio. Cuando estás muy involucrado en un asunto, te cuesta verlo con objetividad. No te enteras de nada.

Dejé el café en la encimera y me crucé de brazos.

—Entonces, ¿qué me sugiere usted, doctor?

¿Qué diablos pasaba, había tenido suerte en una relación amorosa y ya se las daba de experto? No obstante, debía admitir que confiaba en que su opinión sobre el tema fuera acertada.

—Dile lo que sientes. Seguro que ella está pasando por lo mismo que tú. Si algo desea Brooke es estar contigo. Dile que la quieres.

—Ya nos hemos acostado —admití de mala gana.

Xander enarcó las cejas.

—Pues a lo mejor deberíais volver a hacerlo y así no gastarías ese malhumor.

—Yo solo quiero a Brooke —confesé a regañadientes—. Hace tiempo… Qué diablos, nunca había sentido por una mujer lo que siento por ella.

Ninguna otra había despertado mi interés como ella. Estaba obsesionado con mi empleada, desde el primer día que la vi. Estaba tan enamorado que en ningún momento se me había pasado por la cabeza salir con otras mujeres.

Xander se encogió de hombros.

—Pues haz todo lo que puedas por conquistarla. Invítala a una cita como Dios manda, asegúrate de que comprende que vas en serio. Tú quieres tener una relación formal con ella, ¿no?

Nunca me había parado a pensar en lo que de verdad quería. Brooke siempre me había parecido un objetivo inalcanzable, por eso no me había planteado nada más.

—Sí, claro que sí —dije al final en voz baja—. Pero siempre me ha parecido algo imposible, nunca le he dado muchas vueltas al asunto.

—Pero ¿qué dices, Liam? Eres un tipo simpático, pero estoy empezando a poner en duda tu capacidad de raciocinio.

—Me cuesta pensar de forma racional cuando se trata de Brooke.

—Ya me he fijado —me espetó Xander—. Y lo entiendo. Te impide pensar con claridad. He pasado por lo mismo. Pero no lo hace a propósito. Seguramente tampoco sabe lo que esperas de ella. Un día te parece inalcanzable, al siguiente te acuestas con ella… Mira, creo que sería muy afortunada de estar con alguien como tú. Por lo general eres un chico listo…, salvo en momentos como este. Sé que eres fiel. Te ganas muy bien la vida y mi mujer te considera atractivo. Yo no lo sé porque no me van los tíos, pero tu mejor amigo es una antigua estrella del rock. Y eso seguro que suma puntos —dijo en broma.

Lancé una mirada de impaciencia a Xander.

—Tú estabas tan jodido como yo, y lo sabes.

—Probablemente más —admitió Xander.

Levanté una mano. No quería inmiscuirme en la vida personal de Xander ahora que había enderezado su vida.

—Me debato entre dejarla en paz para que pueda volver a su casa e intentar convencerla de que me necesita.

—Piensa en cómo te sentirías si no volvieras a verla. Es lo mejor para tomar una decisión de una vez por todas. Pero recuerda que no te sobra el tiempo.

Me llevé una mano a la cabeza en un gesto de frustración.

—Tienes razón. No puedo quedarme de brazos cruzados y dejarla marchar sin hacer nada.

Xander se dirigió hacia la puerta.

—Pues no olvides eso y ponte manos a la obra. He visto lo tozudo que puedes llegar a ser cuando se te mete algo entre ceja y ceja.

A veces me daban ganas de soltarle un puñetazo a Xander, y esa era una de tales ocasiones. El problema era que sabía que tenía razón.

No debería haber dejado a Brooke esa mañana.

No debería haberle dado tiempo para pensar en lo que había pasado y que se arrepintiera de lo sucedido.

Debería haberme quedado a su lado y convencerla de que dejara a su novio.

Observé a Xander, que se fue sin mediar palabra y salió por la puerta de la cocina que daba a fuera.

Me había comportado como un estúpido y quizá ella estaba confundida por lo que yo quería. Había momentos en que había mantenido las distancias a propósito, y luego volvía junto a ella y le demostraba que la quería.

Tenía que dejar de luchar conmigo mismo antes de poder luchar por Brooke.

¿A quién quería engañar? Estaba dispuesto a hacer lo que fuera para que se quedara en Amesport y pudiéramos estar juntos. Pero no estaba seguro de lo que ella quería.

Y sabía que Xander tenía razón en una de las cosas que había dicho: si no lo intentaba, lo lamentaría.

Siempre me preguntaría qué habría pasado si hubiera sido sincero con ella.

Pero antes ella tenía que dejar a su novio.

Mi prioridad era eliminar a la competencia.

Tomé la taza de café de la encimera y me senté a la mesa. Tenía que despejarme para volver al restaurante más tarde.

Brooke tenía el día libre, por lo que no iba a verla a menos que hiciera el esfuerzo de encontrarla.

Agarré el teléfono que tenía en la mesa, con la esperanza de que Tessa pudiera sustituirme. ¡Tenía que lograrlo!

Capítulo 8

Brooke

—Me muero de ganas de verte —dijo Jade emocionada—. No te imaginas lo mucho que te he echado de menos.

—Vuelvo a casa dentro de una semana —le recordé, intentando contener las emociones para que no se diera cuenta de lo mal que lo estaba pasando.

Jade tenía el don de notar enseguida cuándo yo no estaba bien. Como gemelas, nos unía un vínculo muy fuerte, a pesar de que no éramos idénticas.

Me había despertado hecha polvo, una sensación que no me había abandonado en todo el día. No tenía ni idea de por qué se había ido Liam, o en qué momento había desaparecido, pero cuando me desperté y vi que ni siquiera me había dejado una nota, su gesto me sentó como un bofetón en toda la cara.

Aunque, claro, creía que yo aún tenía novio.

—Lo sé —me dijo Jade—. Pero es que me alegro de que por fin puedas volver.

Tenía muchas ganas de verla.

—Ya te avisaré de cuándo llego. Evan me prestará su avión privado. Tengo muchísimas ganas de verte. Siento que ha pasado una eternidad desde la última vez.

Jade y yo nunca habíamos estado separadas tanto tiempo, y me mortificaba el hecho de no tenerla a mi lado para hablar con ella. Sí, hablábamos por teléfono, pero no era lo mismo. Éramos hermanas, gemelas, y hasta entonces lo habíamos hecho todo juntas: desde ir de compras hasta salir por la noche. Siempre había sido mi mejor amiga.

Quizá necesitaba pasar ese tiempo a solas. Cuando llegué a Amesport, no podía describir el dolor y el miedo al que me había enfrentado. Y no había querido hablar de ello en ningún momento.

En ese instante estaba desesperada por ver a mi familia.

—Quiero que me cuentes todo lo que has hecho durante el último año. He oído tantas cosas sobre Amesport, que tengo ganas de visitarlo.

—A ver, no es un lugar que dé para muchas noticias emocionantes, que digamos —le advertí—. Suele ser muy tranquilo hasta el verano.

—Me da igual. Es que quiero verte. Necesito saber que estás bien de verdad.

—Estoy bien. Mejor —le aseguré.

Mi instinto me decía que a Jade le pasaba algo, pero no sabía decir a ciencia cierta de qué se trataba.

—¿Qué tal te va con el proyecto?

Antes de irme, Jade estaba trabajando en un proyecto de conservación de la fauna como parte de sus estudios de grado.

—Ya he acabado el trabajo final —afirmó.

—Es fantástico —añadí con entusiasmo.

—Un alivio, eso es lo que es —confesó.

—Creía que te gustaba —dije, algo confundida por el hecho de que mi hermana no mostrara más alegría por haber acabado los estudios y poder empezar a trabajar como bióloga.

—Me gustaba —afirmó de un modo algo vago—. Pero me alegro de que se haya acabado.

—¿Aún das clase? —pregunté.

Además de estudiar para especializarse en biología animal, Jade era experta en supervivencia primitiva. Hacía ya varios años que había pasado de estudiante a profesora.

—No tanto como me gustaría, pero me ha surgido la posibilidad de hacer un proyecto para la televisión. Los productores de ese programa de supervivencia se pusieron en contacto conmigo y me ofrecieron participar en él.

—¡Jade! —exclamé—. Sería maravilloso.

Estaba muy contenta por ella. Le encantaba trabajar de científica, pero para ella tenía la misma importancia su formación como especialista en supervivencia, por mucho que fuera solo una afición.

Lanzó un suspiro.

—No sé si debería hacerlo. Quién sabe la de cosas raras que harán para la televisión.

—Tienes que aceptar —insistí—. Si al final no tiene nada que ver con lo que firmaste, siempre puedes dejarlo.

—Supongo.

—Diles que sí, por favor. Creo que lo harías de fábula.

No conocía a nadie más preparado que mi hermana.

—Me lo pensaré. Pero ya sabes cómo es el programa. Si me ponen a un compañero penoso, no habrá quien lo salve.

Mi hermana y yo habíamos visto todos los episodios del programa. Sabía que la elección del compañero era crucial.

—A lo mejor te ponen a un buenorro —le dije en broma.

—Creo que lo más probable es que me pongan a un gallito aspirante a macho alfa especializado en supervivencia. Ya sabes que siempre aparecen muchos en el programa. Chicos que quieren jugar a sobrevivir en la naturaleza pero que no tienen ni idea de cómo hacerlo.

Estaba convencida de que había muy pocas personas que se lo tomaran tan en serio como mi hermana, pero quería que lo intentara.

—A lo mejor tienes suerte.

Soltó un resoplido.

—Lo dudo. Hay mucha gente que se interesa por el tema solo por el espectáculo y no les importa demasiado por qué lo hacen. A mí lo que me atrae es el vínculo con los antepasados. Quiero saber lo que sentían viviendo en un mundo sin teléfono, sin internet y todas esas comodidades que tenemos a nuestro alcance en la actualidad.

—Pues no dejes pasar la oportunidad —le aconsejé.

—Bueno, me lo pensaré.

—¿Estás bien? —le pregunté. No era nada habitual en ella que rechazara un proyecto como ese.

—Estoy bien, sí —me aseguró—. Quizá solo te echo de menos.

—Yo también te añoro —confesé—. ¿Cómo están los demás? ¿Qué tal le va a Owen?

Mi hermano pequeño era superdotado. Acababa de cumplir los veinticinco, había finalizado la carrera de Medicina y estaba haciendo la residencia.

—A lo grande, como es habitual en él. Durante las vacaciones ha estado en casa, pero se ha mostrado algo reservado. Intenté hablar con él, pero no me contó qué le preocupaba —me explicó Jade—. Tan solo mencionó que le estaba costando asimilar el sufrimiento humano. Pero lo está haciendo bien. Será un médico excelente.

—Me lo imagino. Owen siempre ha sido el más bondadoso de la familia. Es increíblemente inteligente, pero tiene el corazón más grande que el cerebro.

—Lo sé —concedió Jade—. Espero que nunca cambie.

A decir verdad, no quería ver a mi hermano con otros ojos solo por la carrera que había elegido. Siempre podía confiar en él cuando necesitaba escuchar la voz de la razón.

—¿Los demás están bien? —pregunté.

—Si te refieres a nuestros tres hermanos mayores, es un placer informarte de que siguen siendo tan pesados como siempre. Pero gozan de un inmejorable estado de salud. Hasta que decida matarlos por meterse en mis asuntos.

No pude reprimir la risa. Sabía que Jade era de las que soltaban las cosas a la cara y que no tenía ningún reparo en decirles a Noah, Seth y Aiden que se estaban inmiscuyendo en su vida privada.

Por desgracia, solían ser unos entrometidos.

—Tú intenta mantenerlos a raya —le pedí—. Estoy segura de que me colmarán de consejos fraternales en cuanto vuelva a casa.

Lancé un suspiro. Hablaba por teléfono con todos mis hermanos a menudo y nunca se cansaban de darme consejos.

—Están preocupados por ti, Brooke. Todos lo estamos —dijo Jade con voz más seria.

Volví a suspirar.

—Lo sé. Pero estoy a punto de volver a casa y todo irá bien. Confío en que la situación vuelva a la normalidad. Ha sido un año muy largo.

—¿Cómo te las arreglarás para dejar al macizo de tu jefe? —me preguntó en tono burlón.

Le había hablado de Liam y de lo que sentía por él. Jade era la única persona con quien podía hablar del hombre que se había convertido en el protagonista de mis sueños más lujuriosos.

—No lo sé —confesé—. Quizá sea buena idea que me vaya.

—¡Brooke! Conozco ese tono de voz. Me escondes algo. ¡Agh! Te has acostado con él, ¿verdad?

Dios, a veces no soportaba tener una relación tan estrecha con mi hermana.

—Sí.

—Suéltalo todo. Quiero saber hasta el último detalle.

Le di la versión abreviada de lo que había pasado. No quería contarle que Liam había sacudido los cimientos de mi vida de tal manera que no volvería a ser la misma de antes. Porque sabía que intentaría convencerme de que me casara con él.

—Entonces, ¿te vas a ir sin más? —preguntó Jade—. ¿Cómo puedes hacerlo cuando has encontrado al hombre de tus sueños?

—Eres una romántica sin remedio —la acusé.

—No es verdad. Sé que no todo el mundo está destinado a vivir un cuento de hadas. Pero tú no te has conformado con menos de lo que merecías. Has esperado hasta que lo has encontrado.

Puse los ojos en blanco. Mi hermana siempre se dejaba llevar por su vena más teatral cuando hablaba de relaciones personales, lo cual me resultaba bastante extraño. Jade era una mujer muy pragmática en los demás aspectos de su vida, pero era de las que llevaban al extremo lo de encontrar al hombre adecuado.

—No es el hombre de mi vida —le dije, consciente de que estaba mintiendo. Era la persona ideal, pero las circunstancias hacían que nuestra relación fuera imposible.

—No te creo —me soltó en tono desafiante—. ¿Qué te pasa?

—Cree que tengo novio, ¿recuerdas?

—¿No le has dicho que era Noah?

—No. Me odiará por haberle mentido.

—¡Brooke! Tienes que contárselo y tienes que hacerlo ahora. Te has acostado con él. ¿De verdad quieres que piense que se ha acostado con una mujer que ya tenía pareja?

Había estado tan preocupada por protegerme del único hombre capaz de hacerme perder el mundo de vista que no había pensado en cómo se sentiría Liam.

—Seguramente es mejor que piense eso. La alternativa es revelarle que le mentí. No soporta las mentiras.

—No tenías otra opción —replicó Jade—. No te culpará. Si es como tú crees que es, no concibo que no quiera conocer la verdad.

A buen seguro mi hermana tenía razón, pero no quería complicar más de la cuenta nuestra relación para las dos semanas que nos quedaban.

—Ya veremos —le dije pensativa—. Depende de cómo vaya todo cuando lo vea. No he vuelto a hablar con él desde que nos acostamos.

—Oh, Dios mío. Entonces ha sido hace poco, ¿verdad?

—Anoche —confirmé, consciente de que no serviría de nada intentar ocultárselo a mi hermana, que era capaz de sonsacarme cualquier secreto cuando se lo proponía.

—No dejes que este malentendido se alargue más de la cuenta —me suplicó—. Deberías contarle la verdad. Si es un buen hombre, comprenderá por qué le mentiste. Además, ya sabe que estás en Amesport por un motivo concreto. Debe de haber deducido que estabas ocultando quién eras y por qué te habías mudado a Maine.

—No se lo he dicho.

—Pues cuéntale todo lo que ocurrió. Has vivido un auténtico infierno, por el amor de Dios. Ahora que vas a volver a casa, no tienes ningún motivo para ocultarle nada.

Jade tenía razón. Podía contárselo todo a Liam.

—Tengo miedo —confesé.

—Pues no deberías. Lo único que pasa es que tu cerebro está intentando jugarte una mala pasada. Últimamente te han ocurrido muchas cosas —me dijo con tono de consuelo—. ¿No te parece que al menos deberías intentar decirle que para ti es muy importante lo que pueda pensar? ¿Que no querías mentirle?

—¿Y si no me entiende? —pregunté.

—Pues entonces es un idiota y no te merece.

—¿Y si lo único que quería era que nos acostáramos? ¿Y si solo se ha dejado llevar por sus instintos más básicos?

—Pues será más idiota aún.

No pude reprimir una carcajada.

—Aún no sé qué quiere. Estoy confundida.

—¿Y te parece que él no? Él cree que tienes novio, lo que te convierte en una mujer infiel. Y cualquier cosa es mejor que eso. Es preferible quedar como una mentirosa.

Nuestra conversación acabó tomando otros derroteros, pero yo no podía dejar de dar vueltas a lo que me había dicho Jade. ¿Era verdad que Liam se tomaría mejor que le hubiera mentido? Lo cierto era que mi supuesto novio le había impedido dar un paso al frente.

¿Qué ocurriría si nadie se interponía en su camino? ¿Se comportaría de un modo distinto?

Cuando colgué el teléfono, aún no había tomado una decisión al respecto.

¿Debía correr el riesgo de contarle la verdad o era preferible proteger mi corazón para que no me lo partiera en pedazos cuando llegara el momento de la dolorosa despedida?

CAPÍTULO 9

BROOKE

Unas horas más tarde, alguien llamó a la puerta de casa cuando estaba leyendo un buen libro sobre inversión. No era que nadie me hubiera confiado su dinero para invertirlo, pero me gustaba estar al día de las novedades del mundo de las finanzas.

Me pregunté quién podía llamar a mi puerta a las ocho de la noche y me puse en pie.

Abrí y me quedé helada al ver a Liam en el umbral.

No había tenido noticias suyas en todo el día, y mis inseguridades se habían apoderado de mí.

¿Se había acabado lo nuestro después de acostarnos?

Si creía que era una mujer infiel, tal vez lo ocurrido solo era algo de una noche, una forma de aliviar la tensión sexual que siempre había existido entre nosotros.

—Creía que estabas trabajando —dije, intentando no fijarme demasiado en lo bien que le quedaban los pantalones oscuros y el suéter negro que llevaba.

No sabía que era de los que les gustaba llevar suéter, pero le quedaba de fábula. Estaba para comérselo. Era uno de esos hombres con el don mágico de convertir el suéter en una prenda sexy. A decir verdad, no sabía gran cosa de su vida fuera del restaurante. Siempre lo había visto con pantalones sport y camisetas.

Cruzó la puerta y entró en la sala de estar, que estaba al lado mismo. Era un apartamento muy pequeño.

—Tienes que dejar a tu novio rico —me soltó a bocajarro—. Para mí supone una línea roja que no estoy dispuesto a cruzar.

Tragué saliva, cerré la puerta y lo miré. Lucía una expresión muy intensa que no podía descifrar.

—Mientras estés aquí en Amesport, podemos salir y vernos en algún lugar que no sea el restaurante. Lo típico. Hasta ahora no hemos tenido una relación normal, Brooke.

Enarqué una ceja, preguntándome qué tramaba, pero el corazón me latía con demasiada fuerza.

—Puedo llevarte a cualquier lugar donde quieras ir. Qué diablos, podemos tomar un avión e ir a cualquier rincón del mundo. Ya sabes que llevo una vida holgada. Quizá solo sea millonario, pero tengo muchos millones. No tantos en comparación con los multimillonarios que abundan en la ciudad, pero podría dejar de trabajar el resto de mi vida y no llegaría a vaciar la cuenta del banco.

Tenía razón. Liam había amasado una fortuna de nueve cifras entre sus inversiones y cuentas bancarias. Yo misma le había hecho los impuestos y sabía que le sobraba el dinero. Pero ¿qué tenía que ver todo eso con nosotros?

—No quiero dinero —dije con voz temblorosa.

Se acercó hasta situarse a escasos centímetros de mí.

—Entonces, ¿qué es lo que quieres, Brooke? Dilo y me aseguraré de que lo consigas. El único requisito es que le des puerta al otro. No lo amas. Te conozco lo suficiente para saber que nunca te habrías acostado conmigo si estuvieras enamorada de otro. Bien sabe Dios que no quería creer que eras una mujer infiel, pero sé que a menudo las cosas no son tan sencillas como parecen. De lo contrario, no me preocuparía tanto por una mujer que engaña a su pareja.

Me quedé sin aliento. El oxígeno no me llegaba a los pulmones.

—¿Tanto te importo? —pregunté con cierta cautela.

Liam se llevó una mano al pelo.

—Sí. No puedo seguir ocultándolo.

En ese instante parecía tan vulnerable que me dieron ganas de lanzarme en sus brazos y hacer algo para consolarlo. Sin embargo, yo era la causante de todos sus males, por eso no me moví.

No me había dejado abandonada sin más después de acostarse conmigo. Conocía a Liam y era obvio que llevaba todo el día dándole vueltas al asunto…, como yo.

—No estás en el restaurante —dije, sin pensar demasiado en el hecho de que mi comentario no era muy brillante que digamos. Era obvio que no estaba en el Sullivan's. Lo tenía delante de las narices.

—He llamado a Tessa —gruñó—. Si aceptas mis condiciones, me sustituirá más días y contrataré a alguien para que ocupe tu puesto, así tú y yo podremos pasar más tiempo juntos.

Sabía que tenía que cerrar la boca de una vez y dejar de mirarlo embobada, pero en ese instante se me antojaba una tarea imposible.

¿Quería… salir conmigo? Pero si ya nos habíamos acostado.

—Ya hemos hecho el amor —le dije, presa todavía de la sensación de que nunca había vivido algo tan surrealista.

Jamás lo había visto comportarse de aquel modo y me encontraba algo más que perpleja.

En resumen… yo era alguien importante para él, pero no lo entendía. Aunque supuestamente lo había utilizado para engañar a mi novio…, a pesar de ello quería que saliéramos y tener una relación normal conmigo.

¡Maldita sea! Tenía que contarle la verdad. Se lo debía.

—No tengo novio —le solté sin más, incapaz de controlarme. Él se había sincerado conmigo y yo le debía lo mismo.

Me miró fijamente.

—¿Qué quieres decir?

Pasé junto a él y me senté en el sofá para apoyarme en un lugar firme y no caerme al suelo.

—El chico con el que me viste era mi hermano mayor, Noah, que solo vino a ver cómo estaba. Y el avión era de Evan Sinclair.

Sentí un gran alivio al pronunciar aquellas palabras, pero todavía estaba nerviosa.

—¿Por qué me dijiste que era tu novio rico? —preguntó confundido.

Me clavé las uñas en las piernas.

—En primer lugar, mi familia no es rica. Hemos sido muy pobres desde siempre. De hecho, entre todos estamos ayudando a mi hermano Owen para que pueda hacer su residencia. En segundo lugar, nunca te dije que Noah fuera mi novio rico. Eso lo dedujiste tú. Yo me limité a no llevarte la contraria. No podía desmentir tu suposición porque, en ese caso, me habrías hecho más preguntas y no estaba en situación de responderlas. Me estaba ocultando, Liam. Y tenía miedo. Además, les había prometido a Evan y a Noah que no diría nada, y no podía romper esa promesa. Ambos se habían dejado la piel para ayudarme y querían protegerme.

Liam me observaba con un gesto impasible e indescifrable hasta que me dijo:

—Entonces, ¿nunca has estado con otro?

Negué con la cabeza.

—No. Tenías razón: si tuviera novio, jamás podría acostarme con otro hombre. Antes habría de romper mi relación.

Sentía una mezcla de pánico y euforia por el hecho de que Liam hubiera comprendido tanto sobre mí sin conocerme, en realidad.

—No puedo decir que no sea un alivio, pero habría preferido que me hubieras contado la verdad —gruñó.

—Quería hacerlo. Lo intenté en varias ocasiones. Confiaba en ti, Liam, pero había hecho una promesa que no podía romper.

Lo miré fijamente para que viera la sinceridad reflejada en mi mirada.

Alzó una mano.

—No, Brooke. No pidas perdón. Entiendo que hiciste lo que considerabas más conveniente.

—Pero no tiene por qué gustarme —repliqué con solemnidad—. He pasado un año muy difícil.

—Pero ya se acabó —se apresuró a añadir él—. Ahora solo tengo que convencerte para que salgas conmigo. Para que pases algo de tiempo a mi lado. Sin presión. Ambos sabemos que lo que ocurrió anoche no sucede todos los días. Qué diablos, ¡es que tengo treinta y cinco años y nunca me había sentido así!

—A mí tampoco me había pasado nunca —confesé.

—¿De verdad queremos renunciar a ello? —preguntó con voz grave.

Sus ojos verdes parecían prendidos por las llamas de la lujuria y no pude resistirme a la tentación de contárselo todo.

—No, yo no quería ignorar lo que había entre nosotros. Sabía que teníamos una química especial desde el momento en que te conocí. Pero… no podía mostrarme como soy.

Liam negó con la cabeza.

—Da igual. Te conozco mejor de lo que crees.

El corazón me dio un vuelco.

—Lo sé. —Aguardé un momento antes de añadir—: ¿Qué hacemos ahora, Liam? No tengo ni idea.

—Pues divertirnos. Contarnos la vida entera. ¿No es eso lo que hace la gente cuando tiene una cita? Mi objetivo es convencerte para que te quedes —me advirtió—. Quiero que lo sepas desde el primer momento.

Se me hizo un nudo en la garganta que me impedía hablar. Hasta el momento ningún chico había mostrado tanto interés en que permaneciera a su lado. Había tenido varias relaciones informales durante la universidad, pero nunca habíamos llegado a hacer planes de futuro.

—Nunca he tenido una relación seria —admití.

Liam me lanzó una sonrisa.

—Tampoco puedo decir que yo la haya tenido, pero estoy convencido de que entre los dos encontraremos el camino adecuado para salir adelante.

Sonreí y tuve que hacer un esfuerzo titánico para reprimir las lágrimas que estaba a punto de derramar por sentirme tan querida.

—Trato hecho.

Me tomó en volandas y se puso a dar vueltas en la sala de estar.

—Me has hecho un hombre muy feliz, Brooke, lo cual no es nada fácil.

Me reí cuando volvió a dejarme en el suelo. Bajo su fachada de hombre imperturbable se escondía una persona a la que no conocía. Tal vez resultaba un poco imponente, pero del mismo modo en que él había logrado ver en mi interior, yo también había visto en el suyo. Sentía una atracción irreprimible por él desde el día en que empecé a trabajar en el restaurante.

—Creo que me gusta hacerte feliz —confesé, rodeándole el cuello con los brazos.

Sus ojos se tiñeron de un verde más intenso aún.

—¡Dios! Me encanta tu aroma… a vainilla dulce.

—Es mi loción corporal. Me he bañado hace poco.

Llevaba usando la misma loción desde hacía varios años y nadie había hecho referencia al aroma, que era muy sutil, por eso estaba convencida de que Liam era el único que lo había notado.

—Es como si olieras a galletas bañadas en azúcar —murmuró.

—Vainilla y azúcar —confirmé.

—Delicioso al paladar. ¿Te he dicho que es mi sabor favorito?

Intenté desechar las imágenes que se agolpaban en mi cabeza y en las que Liam me devoraba.

Negué lentamente con la cabeza.

—Pues no, no lo sabía.

Se agachó y me besó apasionadamente.

Cuando se apartó, me dejó sin aliento.

Me soltó y se dirigió al otro extremo de la sala.

—¡Por Dios! Mira, me prometí a mí mismo que no me acostaría otra vez contigo hasta que tuviéramos una relación formal. Anoche nos precipitamos. Bueno, me precipité. Aunque no me arrepiento de nada de lo que pasó. Pero ahora mismo solo tengo ganas de estar contigo. Quiero saberlo todo sobre ti, tarea que no resulta especialmente fácil cuando se me pone tan dura como ahora, algo que sucede cada vez que te veo.

Le sonreí.

—Yo quiero lo mismo que tú.

No era que no me muriese de ganas de acostarme con él. Era un anhelo que nunca podría ignorar. Pero sabía que Liam era mucho más que un cuerpo para el pecado y una cara bonita.

—Pues hagámoslo —me soltó con su voz más grave.

—¿Quieres que nos acostemos? —le pregunté en tono burlón.

Me lanzó una mirada de reprobación.

—Tendrás que ayudarme.

—No sé si te servirá de mucho lo que yo pueda hacer. En el fondo… tengo tantas ganas como tú.

Liam esbozó una sonrisa de felicidad.

—Por suerte tengo que volver al restaurante porque le prometí a Tessa que me encargaría de cerrarlo, pero ella me sustituirá en algún turno y tú tienes varias noches libres…

—¿Y mañana trabajo?

Se acercó hasta mí y me acarició el mentón con el índice.

—Sí, listilla. Claro. Pero luego… ya no puedo prometerte nada. Tengo que reorganizar el calendario de turnos.

Mirarlo a los ojos estando tan cerca el uno del otro era una auténtica tortura. Mi cuerpo anhelaba sentir el roce de su piel, pero intenté pensar en otra cosa. Claro que quería conocerlo mejor. Y si cedía a mis instintos más carnales, nunca saldríamos del dormitorio.

—Lo siento —murmuré, mientras mi corazón latía desbocado por haberle mentido.

Me tapó los labios con los dedos.

—No digas eso. No ha sido culpa tuya. No sé exactamente qué pasó, pero esperaré hasta que estés preparada para hablar de ello. Mientras tanto, me conformo con que no salgas con otros.

Lancé un suspiro cuando apartó los dedos y me besó. Fue breve, pero muy dulce.

—Nos vemos mañana —dijo con voz ronca y se apartó.

Mientras lo acompañaba a la puerta, fui haciéndome a la idea de que muy probablemente iba a pasar la noche en vela.

Capítulo 10

Liam y yo pasamos mucho tiempo juntos en los días siguientes. Trabajamos algunos turnos, pero también salíamos para relacionarnos lejos del restaurante.

Fueron momentos que me permitieron descubrir que a Liam le encantaba la comida tanto como a mí.

Me acompañó a la cena con Evan y Miranda.

Y yo lo acompañé a cenar a casa de Xander y Samantha.

En Boston disfrutamos de un banquete de auténtico lujo porque Liam se había emperrado en que los restaurantes de la ciudad eran mejores. Yo no lo tenía tan claro. El Sullivan's servía unos platos maravillosos, pero debía admitir que los restaurantes de Boston eran más elegantes.

Al haberme criado en una familia humilde, estaba acostumbrada a comer lo que podíamos permitirnos, que habitualmente consistía en un guiso hecho con las sobras de los días anteriores y sándwiches baratos. No era la dieta ideal para una niña con inquietudes gastronómicas, pero tampoco había reparado demasiado en el asunto hasta que Liam empezó a agasajarme con una serie de orgasmos gastronómicos, a cuál más placentero. Estaba convencida de que después de siete días había engordado un par de kilos, pero no me quejaba.

En un abrir y cerrar de ojos, me había acostumbrado a disfrutar de la compañía de Liam, como si fuera lo más natural del mundo. Hasta el momento ambos habíamos cumplido con lo pactado y nos estábamos conociendo sin que la cosa acabara en sexo, pero yo me iba a dormir todas las noches pensando en él, y anhelaba su presencia física con una intensidad que aumentaba a diario.

—Me está malacostumbrando —murmuré para mí al aparcar en el camino de acceso de la casa de Liam, situada en las afueras de Amesport.

Aunque Liam no era de esas personas a las que les gusta presumir de su riqueza, tenía sus «caprichos». Cuando reformó la casa de su infancia, le añadió seis plazas de aparcamiento y todas estaban llenas. Yo me había negado a utilizar ninguno de los lujosos deportivos, pero había aceptado la oferta que me había hecho para que usara uno de los dos todoterrenos que tenía.

La vida era mucho más fácil con un vehículo como ese.

—No te acostumbres a esto —me recordé en voz alta mientras aparcaba.

No sabía cómo iba a acabar el cuento de hadas en que se había convertido mi vida. Confiaba en Liam, pero no habíamos vuelto a hablar de mi marcha, que cada vez estaba más cerca.

«No quiero acabar destrozada cuando tenga que irme».

Cuando apagué el motor del todoterreno, me di cuenta de que había muchas posibilidades de que lo nuestro no acabara bien. Me había acostumbrado a verlo a diario y, aunque mi cuerpo anhelaba su presencia, mi corazón lo deseaba aún más.

No me arrepentía del tiempo que había pasado con él. Siempre atesoraría esos días como los más felices de mi vida, tanto si volvía a verlo como si no. Sabía desde el principio que me había expuesto a un riesgo, pero lo había asumido con todas las consecuencias.

«Si tengo que enfrentarme a las secuelas de haber trabado amistad con Liam, las asumiré cuando llegue el momento», pensé.

Lo último que quería era pasarme toda una semana esperando a que cayera la bomba.

Agarré la bolsa de comida china que había comprado de camino a casa de Liam y bajé del todoterreno con una sonrisa en los labios.

Él llevaba varios días presumiendo de su gran habilidad para la pesca y se suponía que esa noche teníamos que comer pescado fresco. Xander y Liam habían salido a primera hora con el barco de Liam.

Y habían vuelto de vacío.

Me pregunté si aún estaría enfadado después de tener que soportar mis risas y mi oferta de parar a comprar comida china.

Liam era de natural bondadoso, pero cabía la posibilidad de que hubiera lastimado su ego masculino.

—Liam —le dije en cuanto atravesé la puerta—, traigo comida.

—Muy graciosa —gruñó al salir de la cocina para recibirme.

¿Qué esperaba? Yo tenía cuatro hermanos. Por fuerza tenía que haber desarrollado un mecanismo de protección para hacer frente a ese trauma infantil. Y mi mejor arma siempre había sido el sarcasmo.

Pasé de largo junto a él para servir la comida en platos, pero él me agarró de la cintura antes de que me diera cuenta.

—Pero te perdono —me dijo con voz grave y me robó un beso antes de soltarme.

Sentí un escalofrío. Me encantaba que siempre sintiera la tentación de tocarme cuando pasaba junto a él.

—No era mi intención herir tu ego masculino —le dije entre risas.

—No me has herido —replicó con su voz de barítono—. Me siento muy seguro de mi masculinidad.

—Lo sé —murmuré mientras me abría paso en la cocina. Su masculinidad estaba fuera de toda duda. Producía más testosterona de la que debería.

Me dio una palmada en el trasero mientras dejaba las bolsas en la encimera de la cocina y solté un grito.

—¡Eh! ¿A qué viene eso? ¡Que te he traído comida! —le dije haciéndome la escandalizada.

Se cruzó de brazos y sonrió.

—Tienes un trasero tan bonito que resulta irresistible.

Me froté la nalga y le devolví la sonrisa.

—Recuérdame que te pones de mal humor cuando no pescas nada.

Se encogió de hombros.

—A veces pasa y me siento como si hubiera perdido la mañana. Habría preferido dedicarla a estar contigo.

Como Xander y Liam ya habían quedado para pescar ese día, lo había animado a que no cambiara de planes. Yo había aprovechado para ver a Samantha.

—Me gusta la comida china —dije—. Y ahora ya estoy aquí.

Era penoso, pero lo había echado de menos tanto como él a mí.

—Menos mal —gruñó—. Si hubiera tenido que escuchar a Xander una vez más, criticándome por no haber pescado nada, lo habría tirado al agua. La próxima vez me acompañas tú. Ya te enseñaré a pescar.

Lo miré boquiabierta.

—¿Tú enseñarme a mí? —¿Acaso creía que lo había animado a ir de pesca con Xander porque yo no quería? ¿O porque no sabía manejarme en un barco?—. Sé pescar desde que aprendí a andar —le dije.

—¿Tú pescas?

—Pues claro. Mi hermano Aiden me enseñó cuando era pequeña y voy siempre que puedo. Él es pescador profesional y a veces es muy competitivo, pero no me importa soportar su arrogancia si eso significa que puedo salir a navegar.

—Entonces no podré impresionarte con mis historias de pescador.

Sonreí.

—No. Mis hermanos lo intentaron muchas veces, pero yo dejaba de escucharlos cuando llegaban a la parte en que explicaban que el pez se acababa escapando.

Cuando una chica tiene cuatro hermanos, aprende a ser tolerante. Pero Jade y yo teníamos que trazar la línea roja en algún lugar.

Saqué un par de platos del armario y serví la comida. Liam se encargó de los cubiertos y las bebidas para que pudiéramos sentarnos a la mesa cuanto antes.

—Tenéis una relación muy estrecha, ¿no? —me preguntó cuando ya estábamos en la mesa.

—Todo lo estrecha que puede ser la relación de una mujer con sus hermanos que se creen que lo saben todo. Francamente, no fue nada fácil criarme en un entorno con tanta testosterona, pero Jade y yo logramos sobrevivir —bromeé.

—¿Cómo es? —preguntó—. Me refiero a crecer con tantos hermanos

—Recuerdo que hubo momentos en que sentíamos miedo. Y no quiero imaginar lo que debió de sentir Noah. Cuando murió mi madre, se convirtió en nuestro único sustento, pero era demasiado joven para asumir la responsabilidad de criar a cinco menores. Se vio obligado a madurar demasiado rápido, pero nosotros también estábamos acostumbrados a echar una mano en casa. Mi madre trabajaba muchas horas. No nos sobraba el dinero y todos intentábamos contribuir en algo. De modo que cuando murió seguimos haciendo lo mismo.

Liam frunció el ceño.

—¿No teníais ningún otro familiar que pudiera echaros una mano?

—No conocimos a nuestro padre, que murió cuando aún éramos muy pequeños. Mi madre era hija única y sus padres habían fallecido cuando tenía diecinueve años. En alguna ocasión nos habló de unos parientes, pero nunca vinieron a vernos a California.

—Qué duro —dijo Liam con voz ronca.

—No fue todo tan mal —le aseguré—. Aprendimos a ser independientes y a cuidar unos de otros.

Liam olió la comida. Supuse que no había comido demasiado.

Cuando hizo una pausa para beber agua, me preguntó:

—¿Alguna vez me contarás cómo era tu vida en California y por qué te fuiste?

Casi me atraganto con los fideos lo mein. Sabía que tarde o temprano querría saberlo, pero no me imaginaba que me lo planteara mientras tomaba arroz con pollo kung pao. Tomé un sorbo de agua antes de responder.

—Me sorprende que no sacaras el tema antes.

—No es que no quiera saberlo, Brooke. Supongo que quería darte el tiempo necesario para confiar en mí.

Admiré su rostro cautivador y su mirada sincera. Se me derritió el corazón.

—Oh, Liam. No es que no confíe en ti, lo que ocurre es que no sé ni por dónde empezar.

Se encogió de hombros.

—Por donde quieras, pero antes acaba de comer.

Le hice caso y no paré hasta llenar el estómago.

Miré el plato de Liam y vi que no había dejado ni una miga.

—Hay más —le ofrecí, pero levantó la mano.

—No me entra nada más.

Entre los dos fregamos los platos y los cubiertos, y luego nos fuimos a la sala de estar. Me serví una copa de merlot y Liam tomó un refresco.

Cuando nos sentamos y nos pusimos cómodos en el sofá, le expliqué lo ocurrido.

—No soy camarera. Al menos en California no lo fui siempre.

Había decidido que mi carrera me ofrecía un buen punto de partida para compartir mi historia con él.

—Nunca lo habría imaginado —dijo—. Se te da muy bien.

—Las referencias que te di eran reales. Había trabajado de camarera desde que cumplí la edad legal para hacerlo hasta que acabé los estudios. Soy analista financiera. Antes de venir aquí trabajaba en una pequeña sucursal de un gran banco, en Citrus Beach.

—Debería haberme imaginado que tenías experiencia en finanzas porque te encantan los números, lo cual no es muy habitual. —Hizo una pausa antes de preguntar—. ¿Tuviste problemas con un hombre? ¿Con un acosador?

Me di cuenta de que Liam estaba dispuesto a matar al falso acosador de mi vida y le sonreí.

—No, no pasó nada de eso.

Liam se mostró aliviado.

—Menos mal, joder.

Sin embargo, yo no tenía tan claro que la verdad fuera más grata.

—Llevaba un año trabajando en el banco. Me encantaba mi trabajo. Pero un día, sufrimos un atraco.

Me di cuenta de que Liam se puso muy tenso, pero seguí hablando.

—Yo no trabajaba de cara al público, estaba dentro, en las oficinas, pero oí los disparos. Cuando salí a ver lo que había pasado, todos mis amigos y compañeros de trabajo habían muerto. El cabrón había disparado a dos cajeros y a la subdirectora. —Se me aceleró el pulso al revivir el horrible día, pero no podía parar—. Yo también habría muerto, pero la policía llegó al aparcamiento mientras el atracador metía el dinero en una bolsa de papel. Tuvo que escapar por la parte trasera.

Liam me tomó la mano, me atrajo hacia él y me agarró de la cintura para que no me separara.

—No es necesario que sigas hablando del tema, Brooke. De verdad —me aseguró con voz grave.

Aun así, negué con la cabeza.

—No pasa nada, quiero hacerlo.

—Estás llorando —dijo.

—No te preocupes. A veces es bueno llorar.

Era algo que había descubierto poco después de llegar a Amesport. Necesitaba pasar el duelo en privado, y la pequeña población costera me ofreció el refugio que buscaba. Acudí a un psicólogo que mantuvo mis secretos a salvo, y poco a poco me enfrenté al miedo, a la ira, al sentimiento de culpa y la desesperación.

—Pues entonces acaba —me pidió.

—Me vio, Liam. Pero también vio a la policía. De modo que imagino que decidió que prefería correr el riesgo de dejar un testigo para que no lo detuvieran. —Hice una pausa e intenté recuperar el aliento—. Mis compañeros murieron por unos míseros mil doscientos dólares.

Cuando acabé de contarle lo ocurrido, abracé a Liam y rompí a llorar.

Capítulo 11

Brooke

No sé cuánto tiempo estuve llorando mis penas en el hombro de Liam, pero después de haberme desahogado me sentí muy relajada. Habían pasado varios meses desde la última vez que derramé mis lágrimas por ellos. Aunque había empezado a asimilar sus muertes sin sentido, aún no me había curado del trauma de lo que había ocurrido en el banco aquel fatídico día.

—Lo siento mucho, nena —dijo Liam sin apartar los labios de mi pelo.

Asentí con un gesto leve y me incliné hacia atrás para verle la cara.

—Eran mis amigos.

Me besó en la frente.

—Lo sé. —Hizo una pausa antes de añadir—: ¿Lo atraparon?

—Sí. La policía lo tenía fichado, de modo que no les costó demasiado encontrarlo. Yo declaré como única testigo y también utilizaron las grabaciones como pruebas. Se le veía claramente y, además, la fiscalía tenía diversas pruebas que lo incriminaban. No volverá a pisar la calle.

—Debió de ser una temporada difícil —dijo mientras me mecía en sus brazos—. Ahora entiendo que era un tema que no podías quitarte de la cabeza porque tenías que testificar, ¿verdad?

—Después del juicio, se organizó un auténtico circo mediático —le dije—. Los periodistas querían conocer mi historia como única superviviente, pero yo no estaba preparada para hablar. No había pasado el duelo por la muerte de mis amigos. Me sentía desubicada, como si deambulara por la vida en una especie de trance, y para colmo tenía a todos los periodistas de los principales canales de televisión acampando frente a la puerta de mi casa. Hasta acosaban a mi familia. Tuve que huir.

—Supongo que al final dejaron de perseguirte —afirmó Liam con rotundidad.

—Se cansaron de esperar y pasaron a otra noticia de más actualidad. Imaginábamos que ocurriría tarde o temprano, pero Noah y Evan estaban preocupados y me hicieron jurar que no le diría a nadie quién era ni lo que había ocurrido. Querían que tuviera algo de tiempo para mí.

Me acarició el pelo.

—Me alegro de que lo hicieran.

—¿A pesar de las mentiras que tuve que contar?

—Me importa una mierda que tuvieras que mentir a todos los habitantes de Amesport. Lo hiciste por tu seguridad y para no acabar volviéndote loca, Brooke. Eso es lo más importante.

Al oír sus palabras me embargó una agradable sensación reconfortante y noté la fuerza con la que me latía el corazón. Liam era un hombre muy fuerte, pero sufría por mí. Lo notaba.

—Amesport me proporcionó la salida que necesitaba —confesé—. Y tú también. Te estaré eternamente agradecida por ello. Aquí me he curado. Tal vez aún me quedan algunas secuelas, pero he superado lo peor, creo. Además, hace ya un par de meses que los periodistas no me dan la lata. Tengo vía libre para recuperar mi antigua vida.

Liam torció el gesto.

—¿Estás segura de haberlo superado?

—De vez en cuando aún tengo pesadillas, pero me niego a permitir que ese criminal me obligue a cambiar de estilo de vida. No puedo ver amenazas donde no las hay. Mis amigos fallecidos no lo habrían querido. Ellos no pueden vivir su vida, por lo que, en cierto sentido, tengo la obligación moral de hacerlo por ellos.

—¿Quieres volver a tu antiguo trabajo? —me preguntó con un deje de tristeza.

Negué con la cabeza.

—No quiero volver al banco. Tampoco podría. Pero me gustaría dedicarme de nuevo a mi profesión.

Desde el principio sabía que no podría trabajar en el mismo banco, donde me acecharían las imágenes horribles de mis amigos muertos, la sangre y el pánico que había sentido ese día. Sin embargo, echaba de menos mi empleo como analista financiera.

—Debería haberme dado cuenta de que eras una maga de las finanzas —gruñó—. ¿Cuántas veces me lo has demostrado al poner orden en el caos que era la contabilidad y al presentar las declaraciones de impuestos?

—Pues no es justamente esa mi especialidad —le aseguré, secándome las lágrimas de la cara—. Pero da la casualidad de que me gustan las matemáticas y los números.

—Pues la verdad es que no lo entiendo —replicó.

Le lancé una débil sonrisa. Liam era un hombre de negocios fantástico, pero no tenía mucho ojo para los detalles.

—Me encantan los números. Las matemáticas son muy concretas. O cuadran... o no. No me gusta la incertidumbre —le expliqué.

—Entiendo por qué no me contaste tu historia desde un primer momento. Aun así, me gustaría haberlo sabido. Podría haberte ayudado. Podría haberme convertido en tu confidente para que te desahogaras conmigo —dijo Liam contrariado.

—¿Amigos? —pregunté en tono burlón.

—Si eso es lo que querías, sin duda. Habría hecho lo que me hubieras pedido con tal de ayudarte a superar la difícil situación que estabas viviendo.

Se me inundaron los ojos de lágrimas de nuevo, pero al final logré contenerme. Aquella comprensión, sus ganas de ayudarme... me habían llegado al alma.

—No nos conocíamos demasiado —le recordé—. Y no sé si habría sido capaz de hablar del tema.

—Yo tampoco sé cómo ayudarte —confesó y se llevó la mano al pelo en un gesto de frustración.

—Es que no es necesario que lo hagas —repliqué. Mis hermanos lo habían intentado y se desanimaron enseguida al darse cuenta de que no podían hacer nada al respecto. Empezaba a pensar que era una reacción típica de los hombres—. Es imposible y ya está. Pero me siento muy agradecida de tenerte conmigo ahora.

—No pienso irme a ningún lado, Brooke. Estaré a tu lado siempre que me necesites.

Lancé un suspiro y apoyé todo el peso de mi cuerpo en él. Liam me tomó la mano y se la entregué sin resistencia.

—La vida no siempre toma el camino que deseamos —añadí, agotada emocionalmente después de contarle a Liam todo lo que había pasado. No me resultaba nada fácil hablar del tema sin revivir la tragedia.

—Lo sé —afirmó—. Pero lo que importa es cómo reaccionamos a las desgracias que nos ocurren.

Me incorporé y tomé la copa de vino que había dejado en la mesita. Di un par de sorbos y me apoyé de nuevo en Liam.

Él había tenido que enfrentarse a varios desafíos que le había planteado la vida. Sabía perfectamente de qué hablaba. Pero me encantaba su actitud.

Tomé otro trago de merlot.

—No te pases demasiado con el vino —me advirtió—, que luego vas por ahí quitándote las braguitas a las primeras de cambio.

Solté una carcajada y dejé la copa en la mesa.

—Eh, que solo me pasó una vez —le dije—. Y lo que quería era quitarme toda la ropa. Y quitártela a ti también. Pero esa noche no estaba borracha. Sabía exactamente qué quería.

—¿Ah, sí? —preguntó con voz ronca.

—Hacía más de un año que me moría por tus huesos. Claro que sabía lo que me hacía.

Tal vez el vino me había aflojado un poco la lengua, pero no me había emborrachado desde la universidad.

—¿Y qué querías?

—A ti.

—Pues me conseguiste —afirmó sin más—. Aunque no estaba en un excelente estado de forma que digamos.

—¿Me has oído quejarme en algún momento? —pregunté en tono burlón—. Para mí fue algo maravilloso.

—Eres muy lista —dijo con una sonrisa en los labios.

—Insisto, para mí fue una noche increíble, Liam —dije con voz más seria.

A lo mejor él consideraba que había ido demasiado rápido, pero no quería que se arrepintiera de lo que había ocurrido. Porque yo no lo lamentaba lo más mínimo.

—Para mí también lo fue —confesó—. Pero habría preferido pensar más con la cabeza que con la entrepierna. No buscaba acostarme contigo y ya está.

—Entonces, ¿qué querías?

—Esto. —Me estrechó la mano—. Quería que estuviéramos juntos.

Lo comprendí perfectamente. Lo que sentía yo por Liam era un deseo muy intenso que iba más allá de lo meramente físico. Aunque me moría por sentir el roce de su piel.

—Entonces, ¿no te importa que no nos acostemos? —pregunté con curiosidad.

—Claro que sí —se lamentó—. Me muero de ganas de hacerlo contigo y llevo más de una semana con dolor en la entrepierna… Pero debería estar acostumbrado. Te deseo desde el día que pisaste el restaurante por primera vez. Un sentimiento que con el tiempo se ha hecho más intenso.

Noté una punzada de deseo entre las piernas cuando Liam cambió de postura en el sofá.

Sabía que sentía la misma pasión descarnada que yo.

Y estaba preparada para acostarme de nuevo con él.

—Sobreviviré —murmuró.

Me incorporé y me volví para mirarlo a los ojos.

—¿Y si te dijera que estoy preparada? —pregunté con la respiración entrecortada.

Negó lentamente con la cabeza, con una mirada de pena.

—Pensaría que lo dices porque ha sido una noche difícil para ti. Cuando estés preparada, me tendrás a tu lado.

«¡Estoy preparada! ¡No podría estarlo más!», pensé.

Mi cuerpo le pedía a gritos que me la metiera hasta el fondo ahí mismo, pero al ver su gesto pensativo se me cayó el alma a los pies.

—Pues entonces supongo que yo también sobreviviré.

Deslizó una mano hasta mi nuca y me atrajo hacia él.

—Bésame —me exigió.

No tuvo que pedírmelo dos veces. Le rodeé el cuello con los brazos y me lancé a sus labios con descaro. Lo besé dando rienda suelta a todas las emociones que anidaban en mi interior.

Liam me levantó el suéter y me acarició la espalda con delicadeza mientras me comía la boca.

No podía negar que era yo quien lo había incitado, pero Liam remató la faena de forma espectacular. Cuando me soltó, no podía parar de jadear.

—No puedes besarme de ese modo y esperar que no reaccione de algún modo —protesté.

¡Dios de los cielos! ¿Había alguna mujer en el mundo capaz de resistirse a un hombre que la besaba como si quisiera robarle el alma con los labios?

Era una droga de la que no podía desengancharme.

—Quiero que reacciones —gruñó—, pero es una auténtica tortura cuando lo haces.

Me atrajo hacia él para que mi cuerpo descansara sobre el suyo y me abrazó con fuerza.

—Gracias —le susurré al oído.

Lo que más necesitaba después de compartir tantas intimidades con él era sentirme segura. Y él me había dado todo eso y mucho más.

—¿Por qué? —me preguntó.

—Por ser como eres —respondí.

No había otra forma de decirle lo importante que era para mí saber que podía confiar en él para contarle todas mis penas.

—De nada. Pero no te acostumbres. En general soy un desastre para estas cosas.

Se me escapó la risa al oír su respuesta. Liam restaba mérito a todos los halagos que le hacía, por lo que sus últimas palabras tampoco me sorprendieron demasiado.

Tenía la capacidad de burlarse de sí mismo, pero también sabía exactamente quién era, un rasgo que me resultaba fascinante.

Además de ser el hombre más atractivo que había visto jamás, también era uno de los más considerados, por mucho que él se obstinara en afirmar lo contrario.

—Me sorprende que ninguna mujer haya visto más allá de la fachada que has levantado a tu alrededor —dije.

No entendía cómo era posible que aún estuviera soltero. Tenía todo lo que podía desear cualquier mujer.

—Te estaba esperando a ti —contestó casi de inmediato.

No se me ocurrió ninguna réplica ingeniosa. Liam Sullivan acababa de robarme el corazón.

Capítulo 12

Liam

—¿Qué diablos significa que… «se ha ido»?

Me di cuenta de que le había levantado la voz a mi única hermana, pero es que ella no tendría que haberme comunicado la noticia de que Brooke se había ido a California en el comedor del Sullivan's.

Por suerte, Tessa había cerrado ya las puertas y estábamos a solas.

Yo había llegado de mi reunión en Boston justo a tiempo para encargarme de la limpieza y que Tessa se fuera a casa.

Había sido un trayecto muy largo. Quizá debería haber pasado la noche en la ciudad, pero me moría de ganas de volver para estar con Brooke. Habían pasado pocos días desde que ella me confesó lo que le había ocurrido, y la verdad es que parecía llevarlo muy bien, pero, aun así, no me hacía mucha gracia dejarla sola todo el día. Por desgracia, tenía una reunión con los proveedores que no podía anular, y existía otro motivo personal para querer estar en la ciudad.

Tessa dejó de meter los platos en el lavavajillas y se volvió hacia mí.

—Me dijo que volvería, que necesitaba un par de días para solucionar ciertos asuntos en la Costa Oeste. Francamente, la vi algo alterada.

—¿A qué asuntos te refieres? —pregunté con recelo.

La noche anterior no me había dado la impresión de que estuviera haciendo las maletas para irse a ningún lado. Es más, yo albergaba la esperanza de que pasara la noche en mi casa ese mismo día o al siguiente.

¡Qué diablos! Lo había planeado todo porque estaba convencido de que a ella también le apetecería la idea.

Sin embargo, se había ido.

—No lo sé —respondió Tessa—. No me dijo mucho más, solo que pensaba volver. No se ha marchado para siempre, Liam, cálmate.

—¿No te comentó nada más?

Maldición, necesitaba que Tessa me diera más información. Para mí no tenía ningún sentido que Brooke se hubiera ido.

Mi hermana negó con la cabeza.

—Ya había acabado su turno y Evan vino a buscarla. Dejó las llaves de tu todoterreno en el despacho. No me dijo gran cosa más. Parecía algo… abrumada.

¿Evan?

—Me cargaré a ese cabrón —gruñí—. ¿Qué diablos hacía aquí? ¿Qué pinta él en todo esto?

—Debería haberle preguntado algo más —admitió Tessa—, pero tenía que atender a los clientes y ella solo me pidió que te dijera que volvería.

—No es que sea algo muy reconfortante que digamos —le solté bruscamente—. Pero no es culpa tuya, Tessa.

Mi hermana tan solo era la mensajera. Si Brooke se había ido, no me cabía la menor duda de que Evan Sinclair era responsable de su ausencia, al menos en parte. Pero ¿por qué diablos quería que se fuera? ¿Por qué la había animado a irse? Cuando cenamos con Miranda y él, ambos me transmitieron la impresión de que querían convencerla de que se quedara y buscara trabajo en Amesport.

Tessa se acercó y me acarició el brazo en un gesto de consuelo.

—A lo mejor no es culpa mía, pero lo siento. No sabía que podía afectarte tanto que se fuera por unos días.

Me pasé la mano por el pelo e intenté respirar hondo.

—No es que me afecte que se haya ido, sino que creo que está pasando algo más que ignoro.

—¿Por qué lo dices?

Le hice un resumen de lo que le había pasado a Brooke y por qué había venido a Amesport. Le expliqué que ambos estábamos de acuerdo en salir juntos para conocernos mejor. Tessa sabía perfectamente lo que sentía por Brooke porque los últimos nueve o diez días que habíamos pasado juntos, no nos habíamos escondido de nada ni de nadie.

Tessa asintió cuando acabé.

—Estás coladito por ella —afirmó—. Pero deberías saber que el sentimiento es mutuo. Ella también siente algo por ti.

—Pero no había mostrado intención de irse. Lo sé porque habíamos hecho planes para estos días.

—A lo mejor ha ocurrido algo en California. Tiene mucha familia en la Costa Oeste.

¿Era posible que hubiera enfermado algún familiar? No podía descartarlo.

—¿Te dio la sensación de que estaba disgustada? —le pregunté.

Tessa frunció el ceño y un mar de arrugas le surcó la frente mientras meditaba la respuesta.

—Yo no diría que estuviera disgustada —murmuró—. Más bien me pareció aturdida, como si hiciera las cosas de forma mecánica. Creo que tenía la cabeza en otra parte. Recuerdo que sus palabras me parecieron muy vagas, como si ni ella misma comprendiera por qué tenía que irse.

—Seguro que Evan lo sabe —repliqué—. No tengo la menor duda de que fue él quien la convenció de que se fuera. ¿A qué hora se marchó?

—Pues hizo el turno de mediodía y luego se fue a casa. Yo la vi contenta en todo momento, hasta que regresó con Evan para pedirme que te dijera que volvería. De eso hace solo unas horas.

Sabía que Brooke le había pedido a una de sus compañeras que le cambiara el turno para poder marcharse antes de que yo llegara.

Saqué el teléfono y marqué su número, pero me salió el buzón de voz.

—¡Mierda! —exclamé—. ¿Por qué no me llamó?

—Me dijo que no había podido ponerse en contacto contigo.

Me guardé el teléfono en el bolsillo e intenté recuperar la calma por mi hermana.

—Vete a casa —le dije algo más tranquilo—. Ya me ocuparé de esto más tarde.

—¿Crees que está bien? —me preguntó Tessa, con un tono que no podía ocultar su preocupación.

Tuve que hacer un auténtico esfuerzo para contener la ira. Tessa no sabía todo por lo que había pasado Brooke en los últimos tiempos, y tampoco conocía mis intenciones de formalizar mi relación con ella.

—Seguro que está bien —le dije para calmarla, a pesar de todos mis temores—. Ve y desconecta de todo esto. Gracias por sustituirme.

Había pasado algo. Brooke no era de esas mujeres que desaparecían de buenas a primeras. No me cabía en la cabeza que hubiera tomado la decisión impulsiva de irse sin más. Por fuerza tenía que haber ocurrido algo que la había obligado a reaccionar de esa forma.

—¿Estás seguro? —me preguntó vacilante.

—Vete —insistí, intentando aparentar serenidad.

De pronto Tessa me abrazó con todas sus fuerzas.

—Llámame cuando sepas algo —me dijo—. Quiero saber qué le ha pasado.

Le devolví el abrazo.

—Te llamo luego.

En cuanto salió del local, pensé en ir a ver a Evan para que confesara qué diablos le había dicho a Brooke para que se fuera de un modo tan imprevisto a California.

Observé a Tessa mientras subía a su vehículo y, en cuanto se fue, subí al mío.

***

Al cabo de media hora, y por segunda vez en los últimos meses, comprobé que Evan no estaba dispuesto a responder todas mis preguntas. La primera vez no me había ofrecido ninguna respuesta y yo no estaba dispuesto a permitir que volviera a ocurrir lo mismo.

—No lo entiendo —gruñí—. ¿Qué problemas tenía que solucionar con su familia?

Evan estaba sentado en el sofá de su sala de estar, demasiado lejos para intentar golpearlo desde el sillón en el que me encontraba. Sin embargo, era perfectamente capaz de saltar por encima de la mesita que nos separaba e incluso calculé el tiempo que tardaría en abalanzarme sobre él.

Se había negado en redondo a ofrecerme ninguna explicación sobre la marcha de Brooke.

—No sé si puedo contártelo. Es su vida privada.

—Ni siquiera me ha llamado —bramé—. No me ha dicho nada. Hoy por la mañana teníamos planes sobre lo que íbamos a hacer en los siguientes días, ¿y ahora por la noche resulta que se ha ido? ¿Qué diablos ha pasado, Evan? Estabas con ella. Tienes que saber algo.

Evan Sinclair siempre me había caído bien y lo respetaba. Pero en ese momento ya no estaba tan seguro. Se negaba obstinadamente a proporcionarme cualquier tipo de información sobre Brooke o sobre los motivos que la habían llevado a tomar esa decisión.

—Mira, yo sé muchas cosas —me dijo con gran aplomo—, pero no te las puedo contar a menos que sepa que podría beneficiarla. Necesita tiempo, Liam. Quiere volver a Amesport. Ha dejado casi todas sus cosas aquí.

—No puedo darle tiempo, me consumen los nervios —le solté.

—Conoces su historia —dedujo.

—Sí —admití con enfado—. Y no me lo puedo quitar de la cabeza desde el día en que me contó que estuvo a punto de morir a manos de un desgraciado sin ningún tipo de respeto por las vidas humanas.

Delante de Brooke había mantenido la calma, pero desde que me había contado la verdad, estaba obsesionado por su bienestar y seguridad. Y sabía que era una sensación que no me abandonaría jamás.

Si la policía no hubiera llegado en el momento en que lo hizo, si se hubieran retrasado solo unos segundos, Brooke habría muerto.

—Sabes que las probabilidades de que vuelva a ocurrir algo así son minúsculas —afirmó Evan con calma—. Ya lo eran de que le pasara la primera vez.

—Me da igual —le solté—. Lo único que sé es lo que siento. Brooke ha vivido un auténtico infierno y solo quiero asegurarme de que no vuelva a pasar por una experiencia tan traumática.

Evan se encogió de hombros.

—A veces no tenemos control sobre los acontecimientos que se producen en nuestras vidas.

En el fondo, mi yo más racional sabía que tenía razón. Mis padres habían muerto en un trágico accidente y mi hermana se había quedado sorda debido a una enfermedad. Habría sido imposible predecir ninguno de los dos hechos. El problema era que yo ya no pensaba como un hombre racional.

—Tengo que saber que está bien —insistí.

Estaba tan crispado que era capaz de saltar por encima de la mesa y estrangular a Evan para sonsacarle toda la información que anhelaba.

—Está bien —replicó en tono amable—. Jared le ha prestado su avión privado. Y alguien se encargará de acompañarla a casa. No está sola.

—¿Por qué ha tomado el avión de Jared?

Normalmente Evan no tenía reparos en prestar el suyo, ya que apenas lo utilizaba.

Me miró fijamente como si fuera un espécimen de laboratorio.

—Porque tenía el presentimiento de que tú necesitarías el mío —me espetó.

Entonces estallé.

—Eres un cabrón manipulador —bramé—. Sabías que iría tras ella.

Asintió.

—Me lo imaginaba, sí.

Me puse en pie, harto de que nos manipulara a Brooke y a mí.

—¿Se puede saber qué te da derecho a meterte en estos asuntos? —grité—. Tú no eres nadie para ella. Al menos yo la quiero, pero para ti solo es una chica más.

Se levantó y su gesto impasible se transformó en uno de furia.

—No es una «chica» más —replicó—. Y siempre tengo mis motivos para entrometerme en los asuntos de los demás —añadió—. En este caso, tengo todos los motivos del mundo. El apellido real de Brooke es Sinclair. Es mi hermana.

Capítulo 13

Me desplomé en el sillón para intentar asimilar las palabras de Evan. Los pensamientos se agolpaban en mi cabeza mientras intentaba comprender la bomba que acababa de lanzarme.

—¿Ella lo sabe? —pregunté, desconcertado.

Evan volvió a sentarse en el sofá.

—Ahora sí. Tuve que contárselo. Sus hermanos y su hermana lo saben desde hace casi un año, de modo que no podía ocultarle la información mucho tiempo más.

Entonces, ¿significaba eso que durante todos los meses que había pasado en Amesport no se había dado cuenta de que Evan y ella eran familia? Negué con la cabeza. Me costaba creer que mi Brooke fuera, en realidad, una Sinclair.

—¿Cómo? —fue la única palabra que pude pronunciar.

—Ya lo habría sabido, pero el tiroteo del banco se produjo antes de que Noah y yo se lo pudiéramos contar todo a mis hermanos. El problema fue que acabábamos de descubrir toda la historia cuando se produjo el atraco. Brooke lo estaba pasando muy mal y no queríamos que, encima, tuviera que enfrentarse a una noticia de esta magnitud.

—Yo no sabía que se apellidaba Sinclair.

Siempre había utilizado el apellido Langley.

—Langley era un apellido falso —dijo Evan con un gesto de asentimiento—. Siempre ha sido una Sinclair. Ella estaba convencida de que era una simple coincidencia, ya que se trata de un apellido bastante habitual.

Nunca le había preguntado a Brooke si su apellido era real. La verdad es que nunca se me había pasado por la cabeza.

—Entonces, ¿cómo acabó tu hermana en la Costa Oeste? No lo entiendo.

—La mayoría de la gente tampoco —replicó Evan sin más—. Es una larga historia —me advirtió.

—Tengo tiempo de sobra —gruñí—. He de saberlo. Si voy a ir a California debo saber a qué me enfrento.

Evan se reclinó en el sofá.

—Ten presente que te he contado la verdad porque sé que te preocupas mucho por ella. De no ser así, esta conversación jamás se habría producido.

Esperé a que prosiguiera con el resto de la historia. Quería conocer todos los detalles antes de llegar a algún tipo de conclusión sobre lo que le estaba pasando a Brooke. Fue un consuelo saber que estaba a salvo, pero habría preferido que no hubiera tenido que pasar por todo aquello. Además, de pronto me preocupaba también su estabilidad emocional.

—Aunque es algo que no es del dominio público, mi padre fue un cabrón maltratador —afirmó Evan—. Cuando yo era pequeño, se obstinó en prepararme para hacerme su heredero. Fueron una serie de lecciones dolorosas. Aunque no siempre eran físicas, muy a menudo consistían en maltratos. Uno de los argumentos a los que solía recurrir cuando quería hundirme era la existencia de otra familia, su familia, y siempre me decía que habría preferido que aquellos otros niños hubieran sido sus herederos. Hace poco, Noah me contó que ellos no conocían demasiado bien a nuestro padre, que solo iba a visitarlos un par de días de vez en cuando. Lo veían unos minutos y luego se iba por ahí con su madre. De modo que resulta que solo utilizaba la información para provocarme. Nunca llegó a conocer a sus otros hijos como merecían.

Yo no salía de mi asombro.

—¿Todos los hermanos y hermanas de Brooke son también tuyos?

Asintió antes de proseguir.

—Son hermanastros —me corrigió—. Solo tenemos el mismo padre. Cuando él murió, registré todas sus posesiones para intentar averiguar la verdadera identidad de mi otra familia. Pero lo único que encontré fueron un par de fotografías, que supongo que la madre de Brooke debió de darle a mi padre. No sabía dónde buscar. Ni siquiera estaba seguro de que fueran estadounidenses, porque mi padre viajaba mucho.

—Entonces, ¿qué hiciste?

—Cuando murió mi padre, separé una parte de su fortuna, con la esperanza de algún día descubrir quién eran. Confiaba en que fueran ellos los que me encontraran a mí.

Lo miré fijamente.

—¿Y fue así?

Negó con la cabeza.

—No, pero cuando empezaron a aparecer las páginas especializadas en genealogía y ADN, subí una muestra de mi código genético a todos los sitios que encontré. Llevó un tiempo, pero al final apareció una coincidencia.

—¿Noah? —pregunté.

—Jade —me corrigió—. La hermana de Brooke tiene un instinto de supervivencia increíble y quería saber si tenía algún antepasado nativo americano, ya que sabía muy poco de su padre. Al final no encontró a ningún nativo americano, sino a mí. Uno de los sitios nos dijo que éramos hermanastros. Ambos conocimos la noticia justo antes de que se produjera el robo en el banco. Solo pude hablar con Noah y Jade antes de que ocurriera.

—Entonces, ¿Brooke no sabía nada y la enviaron a la Costa Este? —gruñí. No soportaba la idea de que sus hermanos hubieran jugado a ser Dios y que se lo hubieran ocultado todo durante casi un año.

—¿Crees que a mí me hizo alguna gracia? —me soltó Evan—. Brooke había vivido una auténtica tragedia y yo no quería soltarle una bomba como esta sin más.

—Deduzco, pues, que tiene derecho a una herencia sustanciosa.

Debía admitir que había sido todo un detalle por parte de Evan reconocerlos como posibles herederos, aunque no estuviera obligado a ello. Aun así, seguía enfadado con él.

—¿Acaso te importa? —preguntó mirándome fijamente.

—No. Tengo más dinero del que podríamos gastar en toda una vida.

Evan se levantó.

—Creo que no me vendría nada mal un trago. ¿Te apetece algo?

—Una cerveza, si tienes —respondí medio ausente. No solía beber, pero ese me parecía un buen momento para romper mi racha de abstinencia.

Me recliné en el sillón y me di cuenta de que todo mi cuerpo estaba en tensión tras conocer la información que me había proporcionado Evan.

No tardó en volver y me trajo una botella de cerveza. Me pareció que él se decantaba por algo más fuerte. En cuanto se sentó, tomó de nuevo la palabra.

—Como te decía, yo me encontraba en una situación incómoda —me dijo con su voz grave—. Por un lado, quería contárselo todo a Brooke, pero, por el otro, no deseaba hacer nada que pudiera suponer un obstáculo para su recuperación de algo que la mayoría de nosotros jamás vivirá en carne propia.

—Lo entiendo —añadí muy a mi pesar—. Supongo que, en ese momento, lo de menos era no saber la identidad de su padre.

Evan se encogió de hombros.

—Quizá su madre quería decírselo, pero no pudo por culpa de la enfermedad. Aun así, yo nunca la culparía de no habérselo dicho. Sus hijos se criaron convencidos de que había muerto, algo que es cierto, pero ella no les contó que su matrimonio, que ella siempre había considerado del todo legal, en realidad no tenía ninguna validez. Mi padre se casó con la madre de Brooke en Las Vegas. Seguramente estaba borracho y debía de saber que era un enlace ilegal. Bebía mucho. Imagino que pensó que nunca lo descubrirían y no le dio más importancia.

—¿La madre de Brooke llegó a descubrirlo?

Evan asintió con la cabeza.

—Por lo que me ha contado Noah, lo averiguó todo cuando murió mi padre. Me dijo que la pobre lloró desconsoladamente, pero que también se enfadó mucho. Supongo que descubrió que mi padre ya estaba casado y que tenía una familia. Si no lo hubiera sabido, nunca habría renunciado a buscar a su supuesto marido. Imagino que lo encontró después de su muerte y luego averiguó que tenía una mujer legal y otros hijos.

Respiré hondo y exhalé el aire contenido en los pulmones, preguntándome cómo diablos debió de sentirse al descubrir que le había dado varios hijos a un hombre que, en realidad, no era su marido.

—Debió de ser muy duro para ella —le dije con compasión.

—Seguro que sí —admitió Evan—. Ojalá hubiera intentado ponerse en contacto conmigo.

Parecía lamentarlo sinceramente y no me quedaba más remedio que reconocer su gran sentido de la responsabilidad.

—La mayoría de las familias multimillonarias no habrían hablado con ella —afirmé.

—Los Sinclair no son como la mayoría de las familias —añadió—. El comportamiento de mi padre no define a esta familia. Son sus hijos los que encarnan su esencia. Todos.

Mi respeto por Evan no hizo sino aumentar al darme cuenta de que sentía la misma responsabilidad hacia sus hermanastros que hacia sus hermanos de sangre.

—Brooke me dijo que se crio en una familia pobre.

—Es verdad. Creo que mi padre solo le daba a su madre una cantidad irrisoria en efectivo cuando la veía, lo imprescindible para que la familia tirara adelante. Pero cuando murió, se acabó el dinero.

—¿Me estás diciendo que él vivía como un multimillonario mientras la mitad de sus hijos apenas superaban el umbral de la pobreza?

Evan asintió con un gesto firme.

—Cuando falleció, se quedaron sin nada. La madre de Brooke no había estudiado. Se casó muy joven y murió también joven por culpa de un cáncer de mama. Según Noah, se dejó la piel trabajando. Hasta que... murió.

—Qué vida tan desgraciada, joder —maldije—. La de todos ellos.

—Es curioso, pero todos acabaron convirtiéndose en unos seres humanos excelentes —dijo Evan—. Se esforzaron mucho para tener una vida mejor. Sin duda fue su madre quien les transmitió esos valores. Mi padre seguro que no lo hizo. De hecho, no se parecen en nada a él.

—Tienen una relación muy estrecha porque se ayudaron mutuamente —añadí.

Evan esbozó una sonrisa fugaz y añadió:

—Son extraordinarios.

Me di cuenta de que sentía un tremendo orgullo por la nueva rama de la familia Sinclair, pero a mí me interesaba más lo que le había ocurrido a Brooke.

—Entonces, ¿por qué ha tenido que irse Brooke?

—Me temo que recela un poco de mis motivos. No sé si es porque no confía en mí o porque le preocupaba que su familia hubiera cambiado mientras ella estaba aquí, en Amesport.

—¿Y es así? —pregunté.

—En general, no. Es cierto que tuve que darles cierto margen para asimilar toda la información, pero al final los he conocido a todos en persona. Lo ocurrido no fue culpa nuestra, pero menos aún suya. Los responsables de la situación ya han muerto y creo que podemos afirmar que todos fuimos víctimas de las circunstancias. Mis hermanos y yo teníamos el dinero, pero tuvimos que soportar los maltratos de mi padre. La familia de Brooke pudo disfrutar de un vínculo más estrecho que el dinero no podrá quitarles jamás, pero pasaron penurias porque eran pobres. No sé qué es peor. A mi hermana y hermanos les ha llevado varios años forjar una relación tan buena. Sin embargo, los hermanos de Brooke siempre se han sentido amparados y protegidos por los demás.

—Entonces, ¿todos se han convertido en millonarios de la noche a la mañana?

Aquello debía de haber sido una auténtica conmoción para los Sinclair californianos.

—En multimillonarios —dijo Evan—. Invertí su parte de la herencia tal y como hice con la mía y cada uno ha recibido más de mil millones de dólares después del reparto.

Yo me había criado en una familia de clase media y aún no me había acostumbrado a ser millonario. No quería ni imaginarme cómo debían de sentirse Brooke y sus hermanos.

—¿Todos lo aceptaron? —pregunté con curiosidad.

—No de inmediato. Algunos tardaron un poco en aceptar que tenían derecho a esa fortuna. Eran legítimos herederos, por mucho que el matrimonio de su madre con mi padre no hubiera sido legal. Él ya estaba casado y tenía hijos cuando decidió que quería ser bígamo, pero todos ellos eran sus hijos.

—¿Y estás seguro de que no habrá alguna familia más en otra parte del país?

Evan tomó un sorbo de la copa antes de responder.

—Bueno, he hecho lo que he podido por confirmarlo. Creo que si hubiera alguien más, ya lo sabría a estas alturas. Las fotografías que vi eran de Noah, Seth y Aiden. Las verificaron.

—¿Qué tipo de persona podría hacer algo así? —me pregunté en voz alta.

—No conocías a mi padre —respondió Evan con brusquedad—, lo cual es una suerte para ti. Era un hombre que no merecía ser padre. No solo tenía un trastorno psicótico, sino que era un sádico. Nos hacía la vida imposible en casa y todos vivíamos en un estado de terror constante a sufrir sus estallidos. Lo cierto es que para nosotros era un alivio cuando se iba de viaje.

—¿Y Hope y tus hermanos lo saben? —pregunté ante la duda de que Evan fuera el único que estaba al tanto de todo.

—Aún no. No quería arriesgarme a que tuvieran algún desliz con Brooke. Pero vamos a vernos el fin de semana y se lo contaré cuando estemos todos juntos. Puedo afirmar sin temor a equivocarme que lo único que sentirán mis hermanos al conocer la noticia será amor y cariño por sus hermanastros.

Evan parecía muy orgulloso de ellos y lo cierto era que no podía culparlo. Sabía que tenía razón. Xander estaría encantado de ampliar la familia y yo me apostaba lo que fuera a que Hope querría conocer a sus nuevas hermanas y al resto de la familia cuanto antes. Al ser la única chica, siempre había estado en minoría.

—Hope se pondrá contentísima cuando sepa que tiene otras hermanas —dije sin pensármelo.

—No me cabe la menor duda —concedió Evan—. Por fin tendrá dos aliadas más de su parte.

—Pero creo que a Brooke no le sentará muy bien que su familia le haya ocultado todo esto durante tanto tiempo —le advertí.

—Confío en que entienda que estábamos en una situación comprometida: o le decíamos una mentira, o le soltábamos la bomba en un momento en que no estaba preparada emocionalmente para asimilarlo. Créeme que a ninguno de nosotros nos ha hecho ninguna gracia tener que mentirle u ocultarle información.

—Entonces, ¿es cierto que ha ido a California para comprobar cómo está su familia?

—Yo más bien diría que ha ido a enfrentarse con ellos. Digamos que a mí me puso de vuelta y media, así que imagino que a sus hermanos les espera algo similar. Está enfadada. Y es obvio que se siente dolida. Todo ha cambiado en Citrus Beach. Creo que necesitaba comprobar que los demás seguían igual.

—¿Cambiado…? ¿En qué sentido?

Evan apuró el vino antes de responder.

—Sus hermanos empezaron a invertir la fortuna que habían heredado hace unos meses. Noah dejó su trabajo como programador para montar su propia empresa y ha desarrollado una innovadora aplicación de citas. Ahora por fin dispone del capital para hacer realidad sus propias ideas. Seth y Aiden también dejaron sus empleos. Uno trabajaba en la construcción y el otro se dedicaba a la pesca. Han decidido montar una *start-up* en sus respectivos campos de interés. Y ahora que Jade ya tiene el doctorado, puede aspirar a algo más que trabajar para otros. Owen aún no ha acabado la residencia, pero ya no tiene que preocuparse por los préstamos de estudios que pidió.

¿A cuánta gente le gustaría encontrarse en la misma situación que ellos? No era que pensase que Brooke y sus hermanos no lo merecían, pero el shock debía de haber sido intenso.

—¿Por qué tengo la sensación de que te has implicado bastante en todos sus negocios? —pregunté con cierto recelo.

—No es verdad —afirmó—. Los ayudo cuando me necesitan y estoy encantado de poder hacerlo. Pero no tengo ningún interés económico con ninguno de ellos. Estoy convencido de que tanto mis hermanos como Hope les ofrecerán todos sus conocimientos también.

Para mí era evidente que Evan no intentaba aprovecharse de los negocios de sus hermanastros. Pero también sabía que no habían invertido su fortuna hasta recibir un asesoramiento profesional.

—Sabía que los ayudarías —le aclaré.

El sueño de cualquier emprendedor era recibir consejo de una persona como Evan Sinclair, que respondió a mis palabras con gran solemnidad.

—Lo único que quiero es que disfruten de la vida que deberían haber tenido siempre.

Me levanté; ya no aguantaba más estar ahí sentado sin hablar con Brooke.

—Tengo que hacer un par de recados antes de irme a California. Necesito ver a Brooke.

—Quería protegerla de cualquier situación que pudiera provocarle dolor después de todo lo que ha pasado, pero nuestro último encuentro no acabó de forma muy amistosa —dijo Evan con un remordimiento muy poco habitual en él.

—Si lo que quieres es cuidar de ella, será mejor que te pongas a la cola —gruñí. Mi instinto posesivo estaba desbocado y lo único que deseaba era proteger a Brooke de todo aquello. Tal vez con el tiempo acabaría dándose cuenta de que, en el fondo, lo que le había ocurrido era algo positivo, pero sospechaba que lo que más necesitaba en estos momentos era volver a la normalidad. Y pocas cosas había más alejadas de la normalidad que convertirse de la noche a la mañana en heredera de la familia Sinclair.

Evan asintió.

—Imagino que aceptarás mi oferta de transporte, ¿no?

—Sí.

En realidad, poco me importaba el medio que utilizara para llegar a California, pero el avión de Evan era el más rápido.

—Cuida de ella —pidió Evan.

—Cuenta con ello —afirmé y le tendí la mano.

—Que sepas que asistiremos todos a la boda —me advirtió Evan.

Se notaba que estaba preocupado, aunque no exteriorizara sus sentimientos como los demás.

—Con el tiempo te agradecerá lo que has hecho —le dije sin más mientras me dirigía a la puerta—. Seguro que ahora mismo se ha dejado llevar por las emociones.

Era obvio que Brooke no se había parado a pensar bien en lo ocurrido antes de irse. De haberlo hecho, habría llegado a la misma conclusión que yo: que Evan había hecho todo lo que estaba a su alcance por ella y sus hermanos, incluso antes de saber quiénes eran.

Yo aún tenía varias preguntas sin respuesta, pero ninguna era tan vital como mi imperiosa necesidad de encontrar a Brooke. Tenía que saber que estaba bien.

Su hogar no podía seguir siendo el mismo porque todo había cambiado. Si ella necesitaba algo estable a lo que aferrarse, yo era el más indicado para ofrecérselo.

Salí por la puerta sin decir nada más. No iba a parar hasta que pudiera confirmar que estaba bien.

Capítulo 14

Brooke

—Lo siento mucho, Brooke. No queríamos hacerte daño.

Mi hermana Jade se sentó en el sofá de mi apartamento de Citrus Beach entre lágrimas.

«Gracias a Dios al menos uno de nosotros aún vive en el sitio de toda la vida», pensé.

Creo que yo era la única de mi familia cuya vida se había detenido durante mi ausencia.

Para entonces todos mis hermanos ya eran dueños de una casa en primera línea de mar en la prestigiosa zona de Citrus Beach. Aún no había visto ninguna, pero hallé un consuelo especial al poder volver a mi apartamento, donde había vivido durante años.

—Lo sé —admití un poco a regañadientes.

Quería estar enfadada con toda mi familia, que me había traicionado, incluido Evan, pero con el paso de los días la realidad se había ido asentando y empezaba a darme cuenta de que mis hermanos habían actuado de aquel modo porque me querían y se preocupaban por mí.

—Se me partía el alma cada vez que hablaba contigo. Eres mi mejor amiga y quería compartir lo que sabía contigo —confesó Jade entre lágrimas.

Sentí una punzada de dolor en el pecho al darme cuenta de lo mal que lo habían pasado.

Un par de guardas de seguridad de Evan me habían acompañado en todo momento, hasta que entré en mi apartamento y les dije que podían irse a descansar, pero no se movieron de la puerta hasta que llegó Jade. Debían de haber recibido instrucciones de Evan para no dejarme sola hasta que me reuniera con mi familia.

Me había ido de Amesport con la cabeza hecha un lío, desconfiando de Evan. Pero cuando me formé una idea general de lo que había pasado y Jade pudo contarme todo lo que él había hecho por mi familia, me arrepentí de inmediato de las feas palabras que le había dedicado.

—Evan no se merecía nada de lo que le dije —le confesé a Jade.

Mi hermana se secó las lágrimas y respondió:

—Desde que nos encontró, lo único que ha hecho ha sido desvivirse por nosotros. Nos dijo que ninguno de los Sinclair echaría de menos el dinero, pero a mí todavía me sorprende que apartara e invirtiera semejante fortuna para nosotros, durante tanto tiempo. Supongo que ahora todos confiamos en su buen juicio. Es uno de los hombres de negocios más inteligentes del mundo.

—Estaba muy enfadada —me justifiqué—. Le dije cosas muy feas que no merecía de ninguna de las maneras. Francamente, creo que tenía miedo.

—¿Porque han cambiado las cosas? —me preguntó Jade con aire pensativo.

Asentí.

—Sé que no tiene sentido, pero supongo que buscaba algo que me permitiera volver a la normalidad. Y todo es tan distinto… Todo ha cambiado.

—No hemos cambiado, Brooke —me aseguró Jade con su voz suave—. Nuestros hermanos siguen siendo tan cretinos como cuando éramos pobres. No me parece que el dinero nos haya cambiado, simplemente nos permite comprar cosas con las que antes solo podíamos soñar. Y ahora también tenemos una familia más grande. Por desgracia, una parte son hermanos tan pesados como los nuestros, pero viven en la otra costa, algo que considero una ventaja.

—También tenemos una hermana —dije, incapaz de creer todo lo que había pasado durante mi ausencia.

Mi ira empezaba a desvanecerse. Desde que Jade me había contado toda la historia, podía ponerme en el pellejo de mi familia y me daba cuenta de que para ellos también había sido una situación muy difícil, hicieran lo que hicieran. No podía afirmar sin más que yo no hubiera hecho lo mismo de haberme encontrado en su situación y de haber sido Jade la que necesitara tiempo para recuperarse de un trago amargo.

Era cierto que podrían haberme contado algo un poco antes, pero, en el fondo, se trataba de una situación dominada por la incertidumbre. Hasta hacía un par de meses los periodistas aún rondaban Citrus Beach, y nadie sabía a ciencia cierta si volverían o no.

Jade esbozó una sonrisa melancólica.

—¿Cómo es ella? La conoces, ¿no?

—Sí, pero entonces no sabía que era mi hermana —respondí, lamentando no haber aprovechado la oportunidad de conocer mejor a Hope Sutherland cuando estaba en Amesport. Había coincidido varias veces con la espectacular pelirroja, pero apenas habíamos intercambiado las cortesías de rigor.

Yo era su camarera y ella una clienta más.

Eso era prácticamente lo único que sabía de mi nueva hermana.

—Es agradable —le dije a Jade—. Es muy guapa y se nota que está enamorada de su marido. Forman una pareja fantástica, pero nunca dirías que uno de ellos es multimillonario.

Jade me lanzó una mirada de duda.

—Ambos eran multimillonarios antes de casarse —me recordó.

—Sí, pero no se comportan como tal. Hope es fotógrafa especializada en naturaleza y se le da muy bien. —En el último año, había visto a mi hermana de lejos en varias ocasiones, tomando fotografías—. Ninguno de los Sinclair de Amesport se comporta como el típico millonario. Han donado millones de dólares para ayudar a la ciudad y la mayoría de ellos resultan menos intimidantes que Evan. Y Hope… parece una mujer feliz sin más.

Las pocas veces que la había visto a ella y a su marido, Jason Sutherland, en el restaurante de Liam, se habían comportado como una pareja entre tantas otras, perdidamente enamorada.

Jade asintió.

—Me alegro. Confiaba en que no fueran unos estirados. Evan intenta fingir indiferencia hacia todo y todos, pero sé que no es verdad.

—Adora a su mujer —dije con aire pensativo—. De hecho, todos los matrimonios Sinclair me parecen muy felices.

—¿Y cómo es Xander Sinclair? —preguntó con curiosidad—. Ha tenido una carrera muy trágica. Me encantaba su música.

Yo también había sido fan de Xander, por lo que fue un poco desalentador conocerlo en persona.

—Es divertido, pero también pasó por momentos difíciles. Por lo que sé, cuando conoció a su mujer Samantha vivía recluido en su casa.

—Pero ahora está bien, ¿no? —me preguntó con cierto nerviosismo.

Sabía que me llevaría algo más de tiempo asimilar que Xander era mi hermanastro, pero, por lo visto, Jade ya lo había superado y estaba preocupada por una persona a quien no conocía, simplemente porque formaba parte de su familia.

—Sí, se encuentra bien. Es uno de los mejores amigos de Liam. Se burlan el uno del otro constantemente, un poco como hacen nuestros hermanos, pero se nota que existe un vínculo especial entre ambos.

—Tengo ganas de conocerlos a todos —dijo Jade con voz melancólica.

Cambié de postura para encontrar otra más cómoda. Apenas había tenido tiempo de acostumbrarme a estar de nuevo en mi apartamento antes de que Jade apareciera por la puerta con los ojos arrasados en lágrimas, consternada por haber tenido que ocultarme la verdad durante tantos mees.

—Estoy segura de que os conoceréis —afirmé—. Evan me dijo que les daría la noticia después de habérmelo dicho a mí. Seguramente a estas alturas ya lo saben.

Jade me miró atentamente.

—Mira, sé cómo te sientes. Nosotros pasamos por esto mismo juntos mientras tú estabas en la Costa Este. Es algo difícil de asimilar. No quiero que te sientas sola, porque no es así. Nosotros aún no nos hemos acostumbrado a los cambios.

Mis hermanos, al menos, se habían sobrepuesto a la sorpresa inicial, pero yo aún no podía creer todo lo que me había pasado.

—Aún no entiendo por qué mamá no le contó nada a nadie.

—Éramos unos niños —señaló Jade—. Sus hijos. Creo que solo intentaba protegernos.

—Ni siquiera tuvo la oportunidad de enfrentarse a él y echarle en cara que fuera bígamo —afirmé—. Evan me dijo que seguramente su padre murió antes de que mamá supiera la verdad.

—Estaba sola de verdad —murmuró Jade.

—Me gustaría pensar que con el tiempo nos hubiera dicho algo, pero Noah ya había acabado el instituto cuando ella falleció y no le contó nada —observé.

—Creo que ninguno de nosotros puede saber si nos habría contado la verdad o no —aseguró Jade.

—Me cuesta creer que no lo reconociera. Era uno de los hombres más ricos del mundo —dije.

No entendía cómo era posible que no lo hubiera visto en los medios de comunicación.

—Ya sabes que ella no se movía en esos círculos y que no tenía tiempo para leer las noticias sobre gente rica. Se pasaba el día entero trabajando —afirmó Jade con un deje de ironía—. Yo pensaba lo mismo hasta que Noah me recordó que nunca veía la televisión y que, además, el padre de Evan no se dejaba ver fuera de los círculos de las altas finanzas. No era un hombre muy generoso o un filántropo, que digamos.

—Aún te refieres a él como el padre de Evan —dije, con una sonrisa—. También era nuestro padre.

Jade arrugó la nariz.

—Quizá no me guste recordarlo —afirmó—. Era un hombre despreciable.

Me crucé de brazos.

—De no ser por él no tendrías ningún vínculo con Evan.

—Vale… si lo pones así, no renegaré de ese desgraciado si a cambio puedo conservar a mis nuevos hermanos —bromeó.

Me reí.

—Dios, cuánto te echaba de menos.

Había llegado a casa hecha una furia, pero no tanto como cuando me fui de Amesport. Durante el vuelo, había tenido tiempo para intentar encontrar una explicación lógica a todo lo ocurrido, y no podía seguir enfadada con Jade o mis hermanos. No era culpa suya. La confusión y el miedo por el futuro de mi familia se habían apoderado de mí. En mitad del vuelo, ya me había arrepentido de haberme ido sin hablar con Liam. Sí, tenía pensado volver a

Amesport, pero él merecía mucho más que la escasa y confusa información que yo le había dado a Tessa.

Me sentía tan vulnerable que me abracé para consolarme. Ojalá pudiera contar con la presencia reconfortante de Liam en Citrus Beach. Aunque no era un hombre de muchas palabras, siempre lo tenía a mi lado cuando lo necesitaba. Era tan fuerte y real, que me había acostumbrado a contar con él.

—Yo también te he echado de menos todo este tiempo, Brooke —respondió Jade con rotundidad.

En cuanto entró en el apartamento, Jade y yo nos habíamos fundido en un abrazo y rompimos a llorar.

—Me muero de ganas de ver a nuestros hermanos mañana, pero tengo que volver a Amesport. No tuve tiempo de despedirme de Liam —confesé con un deje de tristeza.

—¿Vas a romper con él? —preguntó.

Me encogí de hombros.

—No lo sé. No llegamos tan lejos en nuestra relación. —Liam y yo habíamos sido felices viviendo el momento. En cierto modo, sabíamos que nuestro futuro como pareja era incierto y nos conformábamos con vivir el presente. Por desgracia, creo que me gustaba demasiado estar con él. Me había vuelto una adicta y empezaba a sufrir el síndrome de abstinencia—. Pero confío en que no —concedí al final.

—Estás enamorada de él —me soltó Jade con el objetivo de sonsacarme más información.

Lancé un suspiro.

—Creo que lo he estado desde el principio. —Me encontraba en un lugar seguro y confiaba en mi hermana. Si no podía admitir ante ella cómo me sentía, no podría hacerlo ante nadie—. Quizá al principio nos dejamos llevar por el deseo físico, pero nuestra relación ha evolucionado y se ha transformado en algo que no hubiera podido imaginar jamás. Ya me conoces, nunca me he creído lo de los cuentos de hadas. Somos una familia de supervivientes.

—La gente cambia —afirmó Jade en voz baja—. Sé que siempre nos hemos dejado la piel para salir adelante, pero eso no significa que no tengamos derecho a nuestro «fueron felices y comieron perdices».

—¿Tú también has conocido a tu príncipe azul? —pregunté.

Jade resopló.

—De repente, en los últimos tiempos es como si me sintiera acosada por un ejército de hombres ricos. Bueno, no es que sean muchos porque, la verdad, intento evitarlos siempre que puedo. No todos son tan agradables como los Sinclair. Pero con uno me basta.

Enarqué una ceja.

—¿Has conocido a alguien?

Hizo una pausa antes de responder un poco a regañadientes.

—Eli Stone. Es un auténtico cretino.

Lo conocía. No era necesario que añadiera nada más.

—¿El Eli Stone que yo conozco? ¿El Eli Stone que está forrado de dinero y es guapísimo?

Casi todo el mundo conocía a ese multimillonario. Sobre todo las mujeres. Era tan guapo que hacía que los tatuajes parecieran algo sexy, y eso que a mí no me entusiasmaban, excepto los de Liam porque tenían un significado y eran muy bonitos. Como Eli Stone tenía muchas aficiones deportivas, no costaba nada encontrar una foto suya a pecho descubierto.

—Es un imbécil engreído y estirado —escupió Jade con toda la mala fe.

Sus palabras me sorprendieron, porque no era nada habitual que mi hermana tuviera una opinión tan negativa ante alguien.

—¿Tan grave es?

—Digamos… que hemos tenido varios encontronazos.

—Pues mira que tú tienes una cabeza muy dura —repliqué con una sonrisa.

—Me dieron ganas de soltarle un puñetazo en toda la cara, pero tuve que recordarme que es muy rico y que seguramente haría que me detuvieran por agresión, de modo que no me quedó más remedio que contenerme —confesó con un lamento.

Como nos habíamos criado con tres hermanos mayores, Jade y yo éramos perfectamente capaces de jugar sucio cuando las circunstancias lo exigían.

—Pues a mí siempre me había parecido un tipo muy tranquilo —murmuré, pensando en todo lo que había visto y leído sobre el joven multimillonario.

—Te aseguro que no lo es, créeme —afirmó Jade de manera tajante.

—Siempre te queda la opción de echarle a nuestros hermanos mayores encima —le recordé entre risas.

—Nunca lo haría; estoy segura de que ese desgraciado se vengaría. No es muy agradable que digamos. —Jade vaciló antes de cambiar de tema—. Olvídate de Eli Stone. ¿Qué piensas hacer con Liam? Me muero de ganas de conocerlo.

Sabía que estaba eludiendo la cuestión a propósito, pero decidí pasarlo por alto. La aversión que sentía por Eli Stone parecía haberla puesto de mal humor, algo poco habitual en ella. Jade solía llevarse bien con casi todo el mundo y no guardaba rencor a nadie.

Sin embargo, Eli Stone no era un tipo dado a ofrecer disculpas.

—Volveré a Amesport en el avión privado de nuestro hermano y le pediré perdón a Liam por irme tan bruscamente. Y a partir de ahí, ya veremos qué camino toma nuestra relación.

—Quizá deberías seducirlo —propuso Jade—. A los hombres les gustan esas cosas.

Sabía que si forzaba un poco la cosa, Liam acabaría rompiendo su promesa de no acostarse conmigo, pero nuestra relación se basaba en un vínculo de confianza y no quería echarlo a perder.

—Creo que lo mejor será que nos limitemos a hablar —repliqué.

Jade asintió.

—Y dejar el sexo para luego.

Puse los ojos en blanco. Al parecer mi hermanita solo podía pensar en una cosa, lo que me llevó a preguntarme si el odio que sentía por Eli Stone era tan intenso como afirmaba. Nunca la había visto reaccionar con tanta indignación hacia un chico.

—Es mejor que duerma un poco —dije y me levanté—. Creo que a ambas nos vendría bien un descanso. Ya tendré tiempo mañana para ver a nuestros hermanos. Se ha hecho tarde.

Prefería reunirme con mis hermanos al día siguiente. Al parecer, habían elegido a Jade para que me explicara todo lo ocurrido. En ese momento estaba agotada. No estaba muy segura de si era cansancio emocional o físico, pero tenía la sensación de que había llegado al límite de lo que podía asimilar en un día.

Jade me dio un fuerte abrazo que yo alargué un poco más de lo habitual. Desde el atraco, me aferraba con mayor intensidad a mis seres queridos, tal vez porque me había dado cuenta de lo fácil que era perderlo todo en un abrir y cerrar de ojos.

Cuando cerré la puerta después de despedirme de Jade, me puse a dar vueltas por mi minúsculo apartamento, presa de una sensación de extrañeza.

Mi lugar ya no era ese. El hecho de estar en casa no me proporcionaba la misma sensación reconfortante de antes del tiroteo en el banco.

Pero mi lugar tampoco estaba en Amesport. Sí, sabía que ahora tenía familia allí, pero no los conocía.

Había aprendido que el lugar donde vivía no era más que eso, un lugar. Solo me sentía segura de verdad junto a Liam, y en ese momento él no estaba conmigo.

Rompí a llorar mientras daba vueltas en mi apartamento de una sola habitación, sintiendo que en realidad no era mi hogar.

Asqueada conmigo misma por ceder a la autocompasión, abrí los cajones para buscar un pijama y una muda de ropa interior. Apenas había traído ropa, pero por suerte había dejado varias cosas antes de huir a Amesport.

Me desvestí con movimientos lentos y pesados mientras el agotamiento se apoderaba de hasta el último rincón de mi cuerpo y entré en la ducha.

Durante un instante, recuperé cierto ánimo al notar cómo me corría el agua caliente por el cuerpo, pero aquella agradable sensación se desvaneció bruscamente. El alivio se transformó en terror al recibir la embestida de alguien corpulento, que entró en la ducha conmigo.

CAPÍTULO 15

BROOKE

—¿Liam? —pregunté con un grito ahogado al volverme, petrificada.

Estaba desnudo, y daba gloria verlo, pero lo cierto es que tardé unos instantes en reconocerlo, a pesar de que conocía a la perfección ese espectacular cuerpo desnudo y había sido objeto de mis más desatadas fantasías desde hacía un tiempo.

—¿Te he asustado? —me preguntó con una voz grave que me puso la piel de gallina—. No abriste la puerta, pero no estaba cerrada con llave, algo de lo que ya hablaremos más tarde.

Aunque Citrus Beach era una ciudad pequeña, siempre me había sentido relativamente segura en mi apartamento. Lo cierto era que solía cerrar con llave, pero debía de estar tan distraída que se me había pasado.

Respiré hondo un par de veces para intentar que mi corazón dejara de latir desbocado. Estábamos pegados el uno al otro porque la ducha era pequeña, pero no me tocó. Sabía que estaba esperando a que asimilara su presencia y se desvaneciera el miedo que me había causado.

Cuando por fin alcé la vista, mi corazón volvió a latir con fuerza, pero esta vez no era por miedo. Nunca había visto algo tan especial como su atractivo rostro.

—Liam —dije tras superar el sobresalto, y me lancé a sus brazos.

Él me estrechó con fuerza y me atrajo hacia su cuerpo musculoso y empapado.

—Te echaba mucho de menos —le dije precipitadamente, con el corazón desbocado por tenerlo a mi lado.

Todo lo que había descubierto sobre mis padres tan súbitamente había supuesto un duro golpe, pero me lo había guardado todo para mí porque no quería hablar de ello con Jade. Mi hermana ya había pasado por lo mismo que yo y no quería someterla de nuevo a esa angustia. Mis hermanos habían tenido tiempo suficiente para procesar la verdad. Yo no.

Fue una auténtica delicia sentirme rodeada por sus fuertes brazos. Su presencia imponente hizo que me derrumbara y rompí a llorar para dar rienda suelta a todo el miedo y la ira que había acumulado en mi interior.

Me estrechó con fuerza y se limitó a abrazarme mientras yo lloraba, acariciándome el pelo húmedo y susurrándome al oído:

—Todo pasará, cielo. Te lo prometo.

Lo creí. Cuando lo tenía a mi lado, me embargaba la sensación de que todo iba a salir bien.

Liam me soltó suavemente y me dejó en el suelo para que expresara todo el dolor que había sentido desde que había descubierto la historia de la traición que había sufrido mi madre.

—No merecía lo que le hizo, Liam —balbuceé entre llantos—. Lo único que ella quería era protegernos, pero estaba sola.

—Él se comportó como un imbécil —murmuró Liam—. En el infierno hay un lugar especial para los hombres como él —gruñó.

Aún tardé unos minutos en hallar la fuerza necesaria para contener las lágrimas y pensar con claridad.

—¿Qué haces aquí? —pregunté con voz trémula cuando me cansé de llorar.

—¿A ti qué te parece? —replicó con su voz de barítono—. He venido por ti.

—Gracias —le dije con voz temblorosa y le acaricié el mentón con la yema de los dedos—. Te necesitaba más que nada. Tenía pensado volver a Amesport después de ver a mis hermanos mañana, pero me alegra que hayas venido. Está claro que lo sabes todo. ¿Cómo lo has descubierto?

No era ningún secreto que conocía la historia de mi padre.

—Estaba dispuesto a sacarle la información a golpes a Evan, pero me lo contó todo antes de que tuviéramos que llegar a las manos. No te imaginas lo angustiado que estaba, Brooke. Ya no sé ni las veces que te he llamado.

Parecía muy preocupado, algo que se reflejaba claramente en sus ojos.

—Lo siento. Debería haber esperado un poco más para venir hasta aquí, pero es que estaba… abrumada. Ya no sabía en quién podía confiar.

Los dos nos habíamos pasado tantas horas metidos en un avión que no habíamos podido hablar por teléfono. Yo también había intentado llamarlo.

Entonces Liam me empujó con fuerza contra la pared de la ducha y me sujetó contra las frías baldosas de la pared.

—Puedes confiar en mí —gruñó—. Nunca te he mentido. Quizá intenté protegerme a mí mismo porque creía que tenías novio, pero no soy un mentiroso.

Asentí con la cabeza.

—Lo sé.

—No vuelvas a dudarlo —exigió.

—No lo haré —afirmé convencida.

Sabía que a mí no me habría hecho ninguna gracia si él me hubiera hecho lo mismo.

—No me puedo creer que estés aquí —dije mientras deslizaba los dedos por su cuerpo musculoso para asegurarme de que era real y no el producto de mi febril imaginación.

—Siempre estaré a tu lado cuando me necesites —me prometió con solemnidad.

—Y yo siempre te necesitaré —le aseguré, hipnotizada por su irresistible mirada. Me perdí en el mar infinito de sus ojos verdes y pensé que tal vez no quería que volvieran a encontrarme.

—Al diablo con mi promesa —gruñó—. Me he cansado de fingir que no necesito metértela una y otra vez hasta que pierdas el sentido. Te conozco, Brooke. Y tú a mí. Sé que este sentimiento mutuo nació en cuanto nos vimos por primera vez hace mucho tiempo. Tal vez no conozcamos todos los secretos del otro, pero sé lo que quiero. Ya habrá tiempo para los detalles más adelante.

El corazón me dio un vuelco al ver su mirada de determinación. Cada día descubría algo nuevo sobre Liam, un motivo más para amarlo.

Tenía la sensación de que con él siempre sería así.

Lancé un suspiro.

—Menos mal, porque yo ya no aguantaba mucho más.

Yo lo deseaba ardientemente y mi cuerpo llevaba varios días exigiéndome que satisficiera sus anhelos.

—Ahora mismo solo quiero saber que estás bien —dijo con su voz grave.

Vi en su gesto que estaba decidido a cuidar de mí, pero yo necesitaba algo más que un hombro en el que llorar.

Lo necesitaba a él.

—Esta noche no me apartes de ti, Liam —le pedí con firmeza.

Nos miramos fijamente y mis ojos no pudieron ocultarle por más tiempo mi auténtico deseo.

—¡Maldita sea! —exclamó y estampó la mano en la pared junto a mi cabeza—. Quiero brindarte todo el apoyo que necesitas, Brooke. Quiero ayudarte a asimilar todas las noticias que has conocido en los últimos días...

Le tapé la boca con los dedos.

—Ahora no. Más adelante ya me enfrentaré a los cambios que se han producido en mi vida, pero ahora solo quiero que hagamos el amor, más que nada en este mundo.

Ardía en deseos de estar con él. Lo tenía allí mismo, a mi lado, era real. No hallaba palabras para expresar todo lo que sentía por él.

—Tu deseo está a punto de hacerse realidad —me prometió con un gesto feroz.

Me besó los labios y mi reacción fue inmediata. Nos besamos como dos personas que anhelan el roce del otro, estar juntos de la manera más primaria posible. Yo lo deseaba y quería acariciar hasta el último centímetro de su piel.

Cuando se apartó unos milímetros, jadeé:

—Liam. Oh, Dios, te quiero tanto...

Con gesto tenso, se volvió y cerró el agua de golpe. Entonces, me agarró y me sacó de la ducha.

Aún estaba empapada cuando me sentó en la encimera del baño.

—Mía —gruñó—. Estabas destinada a ser mía.

Me quedé sin habla mientras observaba cómo lamía las gotas de agua que me corrían por los pechos y deslizaba la punta de la lengua por mis pezones para lamer las gotas que estaban a punto de caer sobre mis muslos.

Lancé un gemido y lo agarré de la cabeza, pero me apartó las manos para arrodillarse y separarme las piernas.

Sentí la excitación que se abría paso entre mis muslos ante la imagen de su cabeza en una posición tan íntima y erótica que me obligó a cerrar los ojos.

Me estremecí al sentir su cálido aliento en mi sexo. Mi cuerpo se encontraba en tensión máxima porque sabía lo que estaba a punto de pasar.

Me había acostado con otros hombres, pero nunca había estado con uno que mostrara esa pasión por devorarme. Nunca me había sentido tan cómoda en una situación tan vulnerable.

Sin embargo, cuando estaba con Liam sabía que podía entregarme sin reparos. Confiaba plenamente en él.

Aun así, no estaba preparada para el momento en que noté la punta de su lengua entre los pliegues de mi vulva y luego subiendo con delicadeza hasta el clítoris.

En ese momento lancé un grito inconsciente que me permitió aliviar la tensión que se acumulaba rápidamente dentro de mí.

Liam se mostró implacable y devoró con la boca y la lengua hasta la última gota de los fluidos que me habían dejado empapada desde el momento en que me di cuenta de que se había metido en la ducha conmigo.

Buscó, exploró y me consumió una y otra vez, hasta que me embargó la sensación de que mi cuerpo ya no era mío.

Tal y como me había prometido, era suya, a pesar de que sentía todas sus caricias.

Lo agarré con fuerza del pelo. Necesitaba un vínculo de unión con el mundo real porque tenía la sensación de que estaba a punto de partir hacia una nueva dimensión.

Me apoyé en el espejo, indefensa y entregada sin más a las sensaciones.

—Liam —gemí y entonces lo agarré con fuerza del pelo—. Por favor…

Necesitaba más. Necesitaba algo, pero no sabía cómo decirle lo que anhelaba con desesperación.

Sin embargo, Liam no necesitaba instrucciones ni guía. Me agarró de las nalgas con fuerza para que no pudiera apartarme de su voraz lengua y atacó mi clítoris, que palpitaba y reclamaba su atención.

—Sí —gemí—. ¡Oh, sí!

Liam lanzó un gruñido entre los escalofríos que recorrían mi cuerpo, como si se hubiera embriagado con los fluidos de mi cuerpo y los necesitara para seguir con vida.

Mi cuerpo reaccionó con un clímax estremecedor que me dejó temblando y expuesta al placer.

No tuve tiempo para asimilar mi propia debilidad, y Liam decidió no aprovecharse del estado vulnerable en que me encontraba.

Me obligó a rodearle la cintura con las piernas, esperó hasta que recuperé las fuerzas necesarias para abrazarlo del cuello y entonces me llevó al dormitorio.

—Tú también eres mío —le dije cuando me dejó en la cama, con una voz lujuriosa que me sorprendió hasta a mí misma.

Nunca había sido una mujer posesiva, pero en ese momento lo deseaba con una pasión tan descarnaba que rozaba el dolor físico.

Él me lanzó una mirada ávida.

—Tal vez intenté negarlo cuando pensé que estabas con otro hombre, pero ahora mismo es imposible que cambie de opinión —me dijo con voz grave y unos ojos verdes que refulgían de anhelo—. He sido tuyo desde la primera vez que te vi y me sonreíste.

Sí, sus palabras me hacían sentir como si fuera una especie de seductora, algo que sabía a ciencia cierta que no se ajustaba a la realidad. Pero oír aquellas palabras en boca de Liam me excitó aún más.

Él había formado parte de mis fantasías más lujuriosas desde el momento en que lo vi por primera vez.

—De acuerdo —dije, tomando posesión de su cuerpo con brazos y piernas—. Pues voy a cobrarme lo que es mío —le dije con una sonrisa.

Esperó durante un momento que se hizo eterno y me miró fijamente, sin llegar a penetrarme.

Entonces enarcó una ceja.

—¿Quién va a poseer a quién?

Levanté las caderas en un esfuerzo para recibir su embestida.

—Me da igual —exclamé con desesperación—. No esperes más.

—Dime que eres mía —insistió con voz gutural—. Dime que te quedarás a mi lado para que no me vuelva loco.

Comprendía el deje de desesperación porque yo tampoco sabía cómo sobreviviría si no estábamos juntos. No cuando ambos habíamos degustado las mieles de lo que podía ser nuestra convivencia.

—Tuya —balbuceé—. Siempre seré tuya.

—Así me gusta —dijo, fingiendo un tono de satisfacción.

Entonces me la metió con una embestida sin contemplaciones. Sentí un placer tan intenso que me dejó la mente en blanco.

—Liam —gemí.

Me costaba articular las palabras al notar que me la clavaba hasta el fondo, dejándome sin aliento.

—¿Estás bien? —preguntó.

—Sí.

Levanté las caderas para disfrutar de la comunión de nuestros cuerpos. Liam tenía una dotación excepcional, pero mi cuerpo lo albergó como si no hubiera mejor lugar para él que entre mis piernas.

—Quiero quedarme así —gruñó—. Porque cuando no estoy haciendo el amor contigo, tampoco puedo pensar en otra cosa.

Entre jadeos, me agarró de las piernas para que le rodeara la cintura con todas mis fuerzas.

—A mí me pasa lo mismo —confesé.

Nada ni nadie podía negar la potente química que existía entre ambos.

—Por desgracia, quiero que esto se repita más —añadió con un deje de frustración mientras salía de mí para volver a embestirme con todas sus fuerzas.

Yo también lo deseaba. Quería que me hiciera el amor hasta que ambos cayéramos rendidos de agotamiento y satisfacción.

—Pues hazlo —le ordené—. Hazme tuya, Liam.

Agachó la cabeza para besarme mientras reemprendía sus acometidas implacables. Su lengua se movía al compás de las incursiones de su entrepierna.

Le arañé la espalda, desesperada por sentirlo con todo mi cuerpo, presa de la necesidad irreprimible de formar un único ser con Liam y no volvernos a separar jamás.

Nuestros cuerpo estaban cubiertos por una fina capa de sudor y el calor que desprendía su piel me marcaba a fuego cada vez que nos rozábamos.

«Te quiero, Liam. Te quiero tanto que me falta el aliento», pensé.

Se apoderó de mí la imperiosa necesidad de gritar aquellas palabras, pero en el último instante me asaltaron las dudas. Aún no poseía suficiente confianza en mí misma para desnudarme emocionalmente ante él, por lo que intenté demostrarle con mi cuerpo hasta dónde llegaban mis necesidades. Levanté aún más las caderas para que nuestros cuerpos se fundieran en uno.

—Déjate llevar. Quiero que llegues al orgasmo por mí, Brooke —dijo, apartando los labios unos centímetros de los míos y con un tono apremiante, mientras su cuerpo apolíneo me arrastraba hacia un clímax inevitable con sus acometidas.

Entonces noté que algo se desataba en mi interior.

Estaba agotada físicamente tras un viaje largo y el orgasmo que ya me había regalado antes, pero sabía que iba a disfrutar de otro gracias a una sensación dominante que escapaba a mi control.

—Eres preciosa —dijo Liam, que me observaba con una expresión feroz que tal vez en otras circunstancias me habría hecho derramar alguna lágrima.

Fue un momento desgarrador y muy íntimo en el que ambos nos miramos fijamente, entregados al placer mutuo.

Cuando por fin cerré los ojos, lo hice forzada por la intensidad del clímax: sometida a todo tipo de sensaciones, no podía asimilar más estímulos.

Liam lanzó un gruñido en el momento en que mis espasmos de placer intentaban arrancarle hasta la última gota de su esencia, como si quisieran retenerlo a mi lado para que no se separara de mí nunca más.

Sus embestidas todavía aumentaron de intensidad e, incapaz de seguir su ritmo, me limité a abrazarlo mientras alcanzaba la cima del placer.

—¡No pares! —grité—. ¡Dame más!

Fue entonces cuando lanzó su última embestida, con toda el alma, y gritó mi nombre varias veces al alcanzar su propio orgasmo.

Me abrazó con fuerza y, sin soltarme, se tumbó de espaldas en la cama para ponerme encima de él.

Ninguno de los dos pudo articular palabra durante unos segundos, mientras recuperábamos el aliento.

Al final, fue Liam quien rompió el silencio.

—Un día de estos acabarás conmigo.

Respondí con una sonrisa.

—¿Es una queja?

Negó lentamente con la cabeza y esbozó una sonrisa que acabó en un gesto de oreja a oreja.

—Nunca.

Al final, presa del agotamiento, lancé un bostezo, me desplomé junto a él y lo abracé.

—Estás cansada —dijo con pesar.

Apoyé la cabeza en su hombro.

—Es culpa tuya —murmuré, cerrando los ojos.

—Es culpa mía —admitió mientras me acariciaba el pelo—. Duerme. Ha sido un día muy duro.

—Ya no —lo corregí—. Por fin estás a mi lado.

—Siempre lo estaré —respondió con su relajante voz de barítono.

Quería paladear el momento, disfrutar de la dicha que recorría todo mi cuerpo.

Sin embargo, no tardé en quedarme dormida.

Capítulo 16

Liam

—Como le hagas daño a mi hermana, te mato.

Volví la cabeza y vi al responsable de las amenazas mientras sacaba una bebida de proteínas de la nevera de Brooke. Tras la noche de pasión que había tenido con ella, debía recuperar energía.

Supuse que estando en una casa llena de Sinclairs, era inevitable que tarde o temprano uno de ellos me encontrara a solas y me amenazara de muerte, pero aun así las palabras de Noah me tomaron por sorpresa.

Los hermanos de Brooke habían aparecido a primera hora de la mañana. Y en ese momento, ya por la tarde, me enfrentaba a la realidad de no poder deshacerme de ellos.

Abrí la lata, agradecido de que al menos hubieran traído bebidas y comida.

Cerré la nevera y me apoyé en la encimera.

—¿Qué te hace pensar que voy a hacerle daño?

Noah se acercó hasta mí para tomar una cerveza.

—No he dicho que vayas a hacerlo —afirmó contrariado—. Es una simple advertencia.

Había descubierto que Noah era un hombre de pocas palabras, pero cuando decía algo solía ser una amenaza o expresiones de ánimo.

Tomé la lata y bebí la mitad antes de responder.

—Lo comprendo. Tengo una hermana pequeña.

Noah me lanzó una mirada como dando a entender que yo no tenía ni idea de por lo que él había pasado.

Y quizá tenía razón.

A decir verdad, yo lo admiraba a pesar de que se estaba comportando como un cretino. No podía ni imaginarme lo que debía de ser cuidar de cinco hermanos tras la muerte de su madre.

Quitó el tapón de la cerveza y tomó varios tragos antes de responder:

—Brooke lo ha pasado muy mal y ahora tiene que asimilarlo todo de golpe. No quiero que vuelva a sufrir hasta dentro de diez años al menos.

—Yo no quiero verla llorar nunca más —confesé y recordé cómo me había hecho añicos el corazón la noche anterior cuando me confesó el dolor y la confusión que sentía—. Pero no voy a permitir que nadie la controle. No fue culpa mía que estuviera tan disgustada.

—Yo no la controlo —gruñó Noah, con una mirada de ira e indignación.

—Y una mierda. Podrías habérselo contado todo antes.

Yo también estaba enfadado con Noah Sinclair, pero estaba dispuesto a dominar mis emociones por Brooke.

Noah había tenido que asumir una gran responsabilidad en las vidas de sus hermanos y yo jamás me había enfrentado a algo igual.

Francamente, todo el clan Sinclair había hecho lo que consideraba mejor para Brooke, pero sabía que ella estaba molesta por haber sido la última en conocer la verdad.

—No podía —se apresuró a añadir Noah—. ¿Crees que no lamenté todas las decisiones que tomamos sobre ella? No estaba preparada para enfrentarse a una noticia de tal magnitud.

—Eso es lo que tú creías —le solté en tono desafiante—. Brooke es una mujer adulta y mucho más fuerte de lo que supones.

—Para mí sigue siendo una niña —admitió Noah.

—Pues no lo es —repliqué sin vacilar.

—Nunca quise hacer de padre. Lo último que deseaba era convertirme en un obstáculo para mis hermanos —confesó Noah con cierto remordimiento—. Solo quería que mi familia estuviera bien.

Vi el gesto de preocupación que le ensombreció el rostro y la pesada carga de la responsabilidad que aún llevaba sobre los hombros.

—No me atrevo a decir que sé cómo te sientes —añadí—. Pero sé que debe de haber sido una experiencia muy difícil para todos. No seas tan duro contigo. Tuviste que asumir una responsabilidad enorme, pero tus hermanos y hermanas ya son adultos.

En mi opinión Noah tenía que empezar a vivir su propia vida, que había dejado aparcada durante mucho tiempo para cuidar de su familia.

Brooke me había contado muchas cosas de su infancia que me habían permitido hacerme una idea del infierno que debía de haber vivido Noah cuando tuvo que asumir la responsabilidad de sacar adelante a su familia, habiendo cumplido apenas la mayoría de edad. Todos habían sido testigos de su enorme sacrificio y, como agradecimiento, se habían volcado en ayudarlo.

Pocas personas podrían haberse enfrentado a un tragedia con su misma entereza y lograr tan buenos resultados.

—No te lo imaginas —admitió Noah con gesto sombrío—. Sabía que si no podía mantener económicamente a mis hermanos, perdería la custodia. En algunos momentos llegué a pensar que estarían mejor con una familia de acogida o adopción. Pero no podía hacerlo.

Lo comprendía a la perfección. Los niños adoptados o de acogida no siempre se adaptaban a la nueva situación ni acababan en una buena familia. Las posibilidades de éxito eran solo del cincuenta por ciento y, como Noah, creía que de haberme encontrado en su situación yo tampoco habría querido arriesgarme con Tessa.

—Ahora son todos adultos —repetí con un tono más calmado—. Lo lograste y lo hiciste sin la ayuda del apellido Sinclair ni su dinero. Y quiero que eso te quede muy claro.

Esa mañana había conocido a todos los hermanos, salvo a Owen, el menor, que estaba haciendo la residencia fuera del estado.

Jade se parecía mucho a Brooke, pero no eran idénticas. Y cada una tenía su propia personalidad. Aun así, saltaba a la vista que Jade era tan bondadosa como su hermana.

Bueno, Seth y Aiden eran unos imbéciles, pero sabía que, en el fondo, lo único que querían era proteger a sus hermanos, aunque siempre elegían el modo más desagradable de hacerlo.

Por extraño que pareciera, los Sinclair de California habían resultado ser una familia de lo más normal, aunque tenían sus cosillas.

Noah se llevó una mano al pelo mientras me miraba con el ceño fruncido.

—Creo que sufro de estrés postraumático por la presión a la que me vi sometido. No es fácil distanciarme de ellos.

Imaginé que tenía que haber sido duro para él darles espacio para que cometieran sus propios errores. Noah había ejercido de hermano mayor y padre durante muchos años. Había sido testigo de la atención que prestaba siempre a sus hermanos y de los consejos que les ofrecía. Me recordaba mucho a la relación que tenía yo con Tessa.

—A veces hay que dejarlos para que encuentren ellos mismos la solución a los problemas a los que se enfrentan. Tengo una hermana que se quedó sorda cuando era muy joven. Nuestros padres murieron en un accidente, por lo que ella se convirtió en mi única familia.

Noah tomó un sorbo de cerveza y tardó más de un minuto en responder.

—Si le hubiera pasado algo así a una de mis hermanas, no sé cómo habría reaccionado.

—Pues ella recuperó el oído gracias a un implante coclear y se casó con uno de tus primos, con Micah. Es muy feliz, pero sé que es muy difícil dejar a un lado el instinto de protección cuando los demás ya no te necesitan.

—Creo que Seth, Aiden y yo nunca podremos despojarnos de la sensación de que tenemos que cuidar de Brooke, Jade y Owen —me dijo apesadumbrado.

Me encogí de hombros.

—Nunca desaparecerá, ya lo sabes, pero con el tiempo la cosa mejora. Te darás cuenta de que son adultos y que pueden cuidar de sí mismos.

—Lo dudo —replicó Noah.

Yo tampoco estaba seguro de que los hermanos de Brooke llegaran a verla algún día como la adulta que era, pero me pareció mejor no decírselo a Noah.

—Cuidaré de ella —dije.

—Más te vale —gruñó—. Me he fijado en cómo te mira y sé que podrías hacerle mucho más daño que cualquier otro hombre.

—Ella también podría hacérmelo a mí —repliqué—. Lo sé desde que llegó a Amesport.

—No quiero que se mude a la Costa Este —murmuró.

—Esa es una decisión que deberá tomar ella —dije. No estaba dispuesto a permitir que su familia la hiciera cambiar de opinión—. A mí no me importaría que se quedara aquí.

—¿Y tu restaurante? Evan dice que ha sido de tu familia desde hace varias generaciones.

Me encogí de hombros.

—Con el tiempo cambian las prioridades.

Si Brooke quería vivir en la Costa Oeste, estaba más que dispuesto a mudarme. Ella era mi prioridad. Y sí, echaría de menos el Sullivan's, pero tenía dinero de sobra para montar otro negocio. Varios, si quería. Pero Brooke era única, solo había una como ella.

—¿Dejarías tu hogar y a tu hermana por ella? —preguntó con recelo.

Asentí con un gesto firme. No había resultado fácil llegar a la conclusión de que no importaba dónde viviéramos. Lo único que me importaba era que estuviéramos juntos.

—Tessa tiene a Micah y es una mujer independiente, por mucho que me obstine en negarlo. Mi hermana tiene muchas amigas y la familia Sinclair está enamorada de Amesport. Además, sé que si me necesita en algún momento puedo ir donde esté.

—¿Y el restaurante? —preguntó Noah.

—Contrataría a alguien que lo dirigiera por mí. Me encanta hacerlo, pero sé que, en el fondo, no importa. Para mí, Brooke es infinitamente más importante.

—Evan me dijo que eras rico —afirmó Noah, observándome como si me hubiera puesto bajo un microscopio.

—No tanto como Brooke después de recibir su parte de la herencia, pero no creo que el dinero importe tanto. Para mí nunca ha sido una prioridad. Pero si ella perdiera toda su fortuna mañana, podría cuidarla el resto de mi vida.

Noah lanzó un gruñido.

—Supongo. En el pasado, me habría encantado que hubiera encontrado a alguien con una buena profesión. Y ahora aquí estamos, examinando con lupa a los demás para tratar de decidir si alguien es multimillonario o simplemente millonario. Es absurdo.

Al hermano de Brooke le estaba costando asimilar la fortuna que había recibido de golpe.

—Te acostumbrarás —le aseguré—. El dinero no cambiará quién eres.

Me lanzó una mirada sombría.

—Pero a veces sí que cambia a la gente que hay a tu alrededor.

Negué con la cabeza.

—No si te rodeas de la gente adecuada.

—¿Mis hermanastros y mi hermanastra de Amesport son la gente adecuada?

Sabía que, en realidad, Noah me estaba preguntando por cómo eran. Sentía una gran curiosidad por su nueva familia.

—Son buena gente. A Evan ya lo conoces, y aunque puede ser un cretino, se preocupa por sus seres queridos.

No dejaba de ser verdad que los hermanos de Brooke tenían que acabar de adaptarse a la nueva realidad porque se habían criado sin la influencia del dinero, pero con el tiempo aprenderían a valorar mucho más el hecho de ser ricos, justamente porque habían sido pobres.

—Evan puede ser un cretino, sí —concedió Noah—. Pero en el fondo es buena persona. No tenía por qué incluirnos como beneficiarios del testamento de su padre ni dejarse la piel para invertir la fortuna y que fuera aún más grande. Pero aun así lo hizo.

—Debería habérselo contado al resto de la familia —le dije a Noah—. No sé si les hará mucha gracia saber de vuestra existencia y que se lo hayan ocultado durante todos estos años.

Noah se encogió de hombros.

—Yo habría hecho lo mismo. No tenía sentido provocarles quebraderos de cabeza cuando no sabían dónde estábamos.

Hice una mueca. Noah era un enfermo del control aunque no quisiera admitirlo. Me recordaba mucho a Evan, por lo que no me sorprendió que se entendieran tan bien.

Cambié de tema y volví a su amenaza de matarme.

—Brooke será feliz vivamos donde vivamos, créeme.

—¿Estás seguro de que quiere vivir contigo? —preguntó Noah después de apurar la cerveza.

No, no estaba del todo seguro de que Brooke estuviera dispuesta a comprometerse para siempre conmigo, pero quería creer que sí lo haría. Si me rechazaba, mi vida entera se iba al diablo.

—Eso espero.

Apuré la bebida y lancé la lata a la basura. Noah tiró la botella desde un poco más lejos, y consiguió una canasta limpia.

—Más te vale que vengáis de visita a menudo —gruñó.

—¿Cómo sabes que volverá a Maine conmigo? —pregunté.

Me lanzó una mirada de complicidad.

—La conozco desde hace mucho más tiempo que tú —me explicó—. Brooke siempre fue la más sensible, pero Jade tenía el don de meterla en problemas cuando eran jóvenes. Pero cuando crecieron… fueron cambiando.

—¿En qué sentido?

—Brooke no mostraba un gran interés por los hombres. Y si le gustaba uno, la relación no solía durar mucho. Era como si siempre esperase a que ocurriera algo extraordinario.

—¿Como yo? —pregunté en broma.

—Quizá estaba esperando al hombre adecuado —admitió Noah, que no entendió mi broma.

—¿Y Jade? —pregunté con curiosidad.

—Se siente muy desilusionada —respondió apesadumbrado—. Se ha llevado muchas decepciones y le cuesta confiar en las personas. Sigue teniendo un lado romántico con los demás, pero no tanto consigo misma.

—Tarde o temprano encontrará a alguien en quien confiar —intenté consolarlo—. Tessa era igual.

Mi hermana también había vivido grandes decepciones, pero se había recuperado al conocer a Micah.

—Quiero que todos mis hermanos sean felices —confesó Noah con voz tensa.

—¿Y tú? —Me di cuenta de que Noah se había desvivido de tal manera por su familia que seguramente no se había parado a pensar en su propia felicidad.

—Eso da igual —gruñó—. Tenía demasiadas responsabilidades para pensar en mí.

—Claro que no da igual —le recriminé.

—A mí sí —insistió.

Observé su gesto sombrío mientras me dirigía a la pequeña sala de estar llena de más Sinclairs de lo que podía soportar en ese momento.

—A tu familia le importa, y mucho —afirmé en voz baja.

—Ya lo he visto —replicó con voz grave—. Jade quiere emparejarme con toda mujer que en su opinión puede hacerme feliz. No comprende que en estos momentos el único compromiso que puedo asumir es con mi negocio. Quiero ser digno del dinero que he heredado.

Solté una risotada.

—Naciste digno.

—Evan y su familia son personas de éxito —insistió.

—Tal vez no lo serían si no hubieran nacido en una familia tan adinerada. Vuestra situación no se puede comparar.

—A lo mejor no —admitió—, pero siempre he querido dirigir un negocio y ahora tengo la oportunidad de hacerlo.

A Noah se le habían abierto las puertas del mundo de par en par. Podía ser lo que quisiera. A pesar de que habían recibido educaciones muy distintas, Evan y Noah se parecían mucho y ambos compartían una gran ambición.

Cuando regresamos a la sala de estar, el único pensamiento que ocupaba mi cabeza era que Noah no se convirtiera en un cretino como su hermanastro.

Capítulo 17

Brooke

—Sé que ha sido un día algo abrumador —dije vacilante mientras paseaba por Citrus Beach con Liam, agarrados de la mano.

Mi familia podía resultar un poco agobiante cuando nos reuníamos todos en un sitio, pero para mí había supuesto un alivio poder verlos y hablar con ellos. Me habría gustado que Owen nos hubiera acompañado, pero comprendía que no podía ser.

Lancé un suspiro con la mirada fija en las olas que rompían en la orilla. No había mucha gente en la playa que tanto había frecuentado de joven. Hacía demasiado frío para nadar y el cielo estaba nublado, pero, al mismo tiempo, era una alegría estar en un sitio tan familiar.

Las cosas habían cambiado para toda mi familia. Nada era igual a cuando me fui, pero los cambios habían sido para mejor.

Noah estaba empezando a crear su propio imperio empresarial.

Seth y Aiden parecían albergar cierto resentimiento hacia nuestro padre por lo que le había hecho a mamá, pero no podía echárselo en cara. Creo que todos odiábamos a ese hombre por lo mal que se lo había hecho pasar engañándola.

Tal vez con el tiempo algunos cambiáramos de opinión, pero en ese instante me parecía poco probable. Yo me conformaba con que algún día Seth y Aiden dejaran de lado la ira que se había apoderado de ellos. Ahora compartían su pasión por los negocios y parecían felices con la nueva vida que habían emprendido.

Jade era la única que parecía algo atormentada, pero se negaba a confesar el motivo de su tristeza.

Liam me estrechó la mano y respondió:

—Son tu familia, no tengo por qué quererlos a todos.

—Les acabarás tomando cariño —le advertí con una sonrisa.

Liam había conocido a mis hermanos en su peor época. Eran muy sobreprotectores y, cuando aunaban esfuerzos por una causa común, podían ser muy peligrosos.

Se detuvo y se volvió hacia mí. Cuando vi su gesto sombrío, con el pelo ligeramente alborotado por la brisa, me quedé sin aliento.

—No he llegado a conocerlos bien —afirmó—, pero me gustaría.

Lo miré fijamente. Sabía que intentaba decirme algo.

—¿Qué insinúas? —apunté.

El corazón me latía desbocado de la emoción.

—Quiero quedarme aquí contigo, Brooke. Quiero construir una casa preciosa para los dos y criar aquí a nuestros hijos, si es que quieres ser madre.

Sentí una punzada de dolor en el pecho al ver su expresión sincera. Yo quería tener hijos, pero no había encontrado al hombre adecuado, por eso tampoco le había dado muchas vueltas al tema.

Vi que Liam hurgaba en el bolsillo de los pantalones hasta que sacó lo que estaba buscando.

Abrió la cajita que había sacado y el aire que yo había contenido en los pulmones hasta ese momento fue expulsado bruscamente al ver el precioso diamante del interior.

Lo miré a los ojos, y luego al diamante. El corazón me latía con tanta fuerza que oía el pulso en los oídos.

—Te quiero, Brooke —gruñó—. Seguramente te amo desde la primera vez que te vi, pero por entonces no quería pensar en ello. Se me parte el alma cada vez que pienso en lo mal que lo has pasado, pero te pido que me ofrezcas la posibilidad de demostrarte qué es la felicidad de verdad. —Hizo una pausa antes de añadir—. Cásate conmigo.

El tiempo se detuvo durante unos instantes mientras intentaba comprender lo que me estaba preguntando.

¿Me estaba diciendo que estaba dispuesto a quedarse aquí conmigo?

¿Que quería que fuera su mujer?

—Yo también te quiero —me apresuré a añadir.

Me embargó una enorme sensación de alivio cuando por fin pude expresar lo que sentía.

Entonces Liam esbozó una sonrisa malévola.

—¿Tienes idea del tiempo que llevo esperando a que pronuncies esas palabras?

—N... no —balbuceé, sin salir de mi asombro e incapaz de asimilar todo lo que estaba ocurriendo.

Sabía que Liam se preocupaba por mí, pero nunca me habría imaginado que estaría dispuesto a abandonar Amesport para mudarse a California conmigo.

—Te lo compré en Boston —me aseguró—. Por eso no me importó ir hasta ahí.

Sacó el precioso anillo de la caja de terciopelo y se la guardó en el bolsillo de nuevo.

—Es espectacular —logré pronunciar.

—Cásate conmigo —repitió, con un tono más apremiante.

—No parece que me lo estés pidiendo —le dije para tomarle el pelo, pero las manos me temblaban de la emoción y me sentía como si el corazón pudiera atravesarme el pecho en cualquier momento.

Liam siempre había sido exigente, pero no me importaba porque sabía lo que se escondía bajo esa fachada: el hombre que siempre había estado predestinado a ser mío.

—Supongo que no quiero ofrecerte la posibilidad de que digas que no —afirmó con una voz gutural y desgarrada.

—No voy a decir que no —afirmé con voz temblorosa—. Solo tengo un sí rotundo.

Me lancé a sus brazos y disfruté de la agradable sensación que me embargó cuando me rodeó con ellos.

¿Cómo iba a reaccionar una mujer cuando acababa de conseguir todo lo que deseaba su corazón?

Me sentía libre, pero protegida.

Como Liam, siempre había tenido la sensación de que existía un vínculo especial entre nosotros.

Él era el hombre de mi vida, pero nos conocimos en unas circunstancias que no eran las más adecuadas para iniciar una relación.

—Creo que en el fondo sabía que te estaba esperando —le dije entre lágrimas de alegría.

Se apartó y me besó. Nuestras bocas se fundieron en un beso ávido que siempre me consumía cuando estábamos juntos.

Mi cuerpo reaccionó de manera inmediata para entregarse a él, como sucedía cada vez que me tocaba.

Entonces me agarró de los hombros y me apartó.

—Quiero que te pongas el anillo.

Accedí y le ofrecí la mano temblorosa, conteniendo la respiración mientras intentaba ponerme la sortija en el dedo.

—Encaja —exclamé y exhalé la respiración que había contenido hasta entonces.

—Claro que encaja. ¿Crees que iba a dejar que te lo quitaras? Aunque debo admitir que no fue nada fácil medirte el dedo con un hilo mientras dormías.

Me reí al imaginar lo difícil que debía de haberle resultado manejar un hilo tan fino con sus fuertes manazas. Era una imagen tan simpática como divertida.

—Si no te gusta, podemos cambiarlo —dijo en un tono vacilante que revelaba unos nervios muy poco habituales en él.

Me llevé la mano al pecho.

—Me encanta —afirmé con rotundidad.

Jamás lo hubiera cambiado por otro, aunque no me hubiera gustado tanto. Sabía perfectamente que lo había elegido con sumo cuidado y se me anegaron los ojos en lágrimas.

—Te quiero —me dijo con gran sinceridad. Me tomó la mano izquierda y se la acercó a los labios.

Rompí a llorar de inmediato.

—Yo también te quiero.

El hombre alto y atractivo que tenía ante mí se había convertido en el centro de mi vida. Seguramente yo lo sabía desde el principio, pero ambos habíamos preferido evitar la cuestión.

En cierto sentido, me daba un poco de miedo la magnitud del amor que sentía por Liam, pero estaba más que dispuesta a asumir el riesgo.

Me abrazó como si fuera lo más importante del mundo para él.

—¡Joder, Brooke! Nunca imaginé que conocería a alguien como tú.

—Quizá por eso sea tan especial lo que tenemos —le susurré al oído entre lágrimas.

Guardamos silencio un rato, asimilando el hecho de que no volveríamos a separarnos jamás.

—Quiero irme a vivir a Amesport —murmuré sin apartarme ni un centímetro de él.

Liam se apartó lo justo para mirarme a la cara.

—¿Cómo?

—Que quiero irme a la Costa Este.

No solo me había enamorado de él, sino también de la encantadora población costera. Además, sabía que no tendría demasiados problemas para encontrar trabajo.

Qué diablos, hasta podía montar mi propia empresa. La herencia me había abierto una serie de puertas que jamás me habría imaginado antes de aquella lluvia de millones.

—¿Por qué quieres volver conmigo? —preguntó con una mirada de incredulidad.

—Porque me encanta disfrutar de los mejores sándwiches de langosta de todo el país —bromeé—. Y echo de menos el café y el chocolate.

—Pero tu familia...

—Estarán aquí cada vez que venga a verlos y también pueden ir a Amesport. Estoy segura de que todos mis hermanos se mueren de ganas de conocer a los Sinclair de Maine.

—Tenemos que hablar de eso, Brooke...

—No —le aseguré—. Quiero mucho a mi familia, pero ha llegado el momento de que haga lo que me hace feliz. Nada nos obliga a quedarnos aquí para siempre. Tenemos que seguir adelante con nuestras vidas. Además, no olvides que siempre tenemos la opción de tomar un avión cuando queramos venir de visita.

—¿Estás segura?

Asentí.

—Cuando hemos pasado frente al banco, me he dado cuenta de que había llegado el momento de emprender una nueva etapa en mi vida.

Sí, yo había nacido ahí, pero estaba preparada para abrir las alas y echar a volar. Había sentido un escalofrío al pasar junto a la escena del tiroteo y me di cuenta de que para mí siempre sería un lugar asociado a la tristeza y a un gran dolor. El resto de los habitantes de Citrus Beach habían vuelto a la normalidad tras el atraco, pero yo sabía que en mi caso nada volvería a ser igual.

—Malos recuerdos —dijo con voz suave y me apartó un mechón de pelo de la cara.

—Sí. Creo que si sigo aquí, siempre pensaré en lo que ocurrió.

—Pues entonces nos iremos a vivir a Amesport —propuso de inmediato.

—No es solo por el atraco —le aseguré—, sino que quiero vivir ahí contigo.

Me había enamorado del restaurante Sullivan's y de la gente con la que trataba de forma habitual. Además, quería conocer a mis hermanastros sin necesidad de ocultar mi identidad.

Le confesé a Liam todos los motivos por los que quería volver a Amesport y él me escuchó con atención.

Cuando acabé, me miró aliviado.

—Lo de conocer a Xander te lo puedes saltar —me aconsejó—. Es un imbécil.

Le di un suave golpe en el hombro en broma.

—No lo dices en serio —le dije—. Si no te cayera bien, no pasarías tanto tiempo con él.

—Es un idiota.

Me reí porque sabía que tanto Xander como él andaban siempre a la greña, pero sin mala intención.

—Sí —concedió con un deje de tristeza—. Sé que no me queda más remedio que acostumbrarme a su presencia constante. En el caso de Micah no me importa, pero podría sobrevivir sin ver a Evan.

Sonreí de oreja a oreja. Sabía que por mucho que se quejara, estaba dispuesto a hacer buenas migas con ellos por mí.

—Te quiero, Liam.

En ese momento me di cuenta de que no podía ser más feliz, un sentimiento al que no estaba nada acostumbrada.

Me dio un beso en la frente en un gesto de ternura.

—Yo también te quiero. No pienses que no sé lo afortunado que soy.

Yo también me sentía muy afortunada, tanto que iba a pasar el resto de mi vida dando las gracias por haber conocido a un hombre dispuesto a hacer un sacrificio tan grande por mí, a pesar de que yo no lo había aceptado.

Le acaricié el pómulo, con barba de tres días, y le propuse:

—Vámonos a casa.

—¿A Amesport? —preguntó con voz ronca.

—De momento podemos quedarnos en mi apartamento —sugerí, obedeciendo a los deseos de mi cuerpo, que solo anhelaba ver desnudo al hombre al que amaba—. Ya volveremos mañana a Amesport.

—Podemos regresar al este cuando quieras. Ya sabes que no tengo ningún inconveniente en darte todo el tiempo que necesites —aseguró—. Es más, en estos momentos no sé si te dejaré levantarte de la cama por la mañana.

—A lo mejor yo tampoco quiero —respondí.

Me tomó en brazos y dimos varias vueltas antes de que me dejara otra vez en el suelo.

—Ya lo decidiremos —dijo con una mirada de deseo que no podía disimular la lujuria que se había apoderado de él—. En estos momentos lo único que quiero es verte desnuda.

Me agarró de la mano y volvimos al coche.

Por suerte, yo quería lo mismo que él.

Capítulo 18

JADE

Supe que estaba ahí desde el instante en que entré en el restaurante.

No lo vi, pero tampoco fue necesario. Su mera presencia me provocaba un escalofrío que me recorría la columna, una sensación tan incómoda que tenía que hacer un esfuerzo sobrehumano para no retorcerme en la silla.

Dirigí la atención hacia la mesa grande, ocupada por una familia numerosa. Brooke había retrasado un día más su marcha para que pudiéramos cenar juntos antes de que se fuera.

Habíamos elegido un bonito restaurante de San Diego, un local propiedad de Eli Stone. A pesar de ello, creía que las probabilidades de que hiciera acto de presencia eran casi nulas.

Pero me equivocaba.

«¡Maldición! ¿Qué hace aquí?», pensé.

Sí, era el dueño del local, pero tenía varios restaurantes más de fama mundial.

Volví la cabeza para encontrarlo. No tardé demasiado en dar con él: estaba sentado en un reservado con otro hombre que llevaba un traje a medida. No lo conocía, pero, a juzgar por su aspecto, parecía que tenía tanto dinero como Eli Stone.

—¿Jade? ¿Estás bien?

No tenía ni idea del tiempo que llevaba hablándome mi hermana gemela, pero regresé bruscamente a la realidad al oír su voz de preocupación.

—Estoy bien —respondí de inmediato.

—Pues no lo parece —añadió—, ni que hubieras visto un fantasma...

—Es que creía que había visto a un conocido, pero me equivocaba.

Brooke estaba sentada a mi lado, acompañada de su prometido. Me lanzó una mirada inquisitiva, pero le devolví la sonrisa.

Era su gran noche. Nos habíamos reunido para celebrar su compromiso y yo me negaba a que un imbécil que vestía un traje que le sentaba como un guante me echara a perder la velada.

No soportaba que Brooke se fuera a vivir a la otra punta del país, pero no me quedaba más remedio que aguantar. Mi única hermana era feliz, y si tenía que subirme a un avión para ir a verla, ningún problema. Valía la pena si era lo que necesitaba para seguir tan alegre y radiante como ahora.

—Me preocupas —dijo Brooke, intranquila.

—Pues no te preocupes, que yo estoy bien —le aseguré.

Qué diablos, ¿acaso había alguien que pudiera no sentirse feliz después de heredar una fortuna? Eli Stone no era más que un insecto al que quería exterminar. No merecía que malgastara más energía pensando en él.

—No te creo. A ti te pasa algo.

Brooke y yo siempre habíamos tenido un vínculo muy especial como gemelas. Si yo podía detectar que ella había conocido al hombre de su vida, ella también notaba que yo estaba intranquila.

En ese momento no me hacía ninguna gracia ese vínculo que nos unía.

—Son cosas del trabajo —le dije—. Nada importante.

Me proporcionaba un placer especial afirmar que Eli Stone no era nada importante. Tal vez porque lo consideraba alguien insignificante.

Brooke me acarició el brazo.

—Es verdad que vamos a vivir muy lejos, pero quiero que sepas que siempre estaré a tu lado cuando me necesites. Ya sabes que ahora no supondrá ningún problema viajar en avión.

Me reí.

—No es un problema cuando tienes dinero, claro.

Aún no me había acostumbrado a ser multimillonaria. A veces me sentía como si estuviera interpretando un papel con el que no acababa de sentirme cómoda. No obstante, me gustaba estar al mando de mi vida y no iba a permitir que un imbécil como Eli Stone se interpusiera en mi camino.

—Entonces, ¿es por el dinero? —preguntó Brooke.

Asentí.

—Es raro, ¿verdad? Hace poco nos costaba llegar a final de mes y ahora podemos disfrutar de una vida de ensueño.

—Es raro, pero en el buen sentido —admitió Brooke.

Mi hermana miró a Liam y yo, casi sin darme cuenta, desvié la vista hacia la mesa de Eli.

Me enfadé conmigo misma por sucumbir a la tentación, pero Eli Stone era como un accidente ferroviario: no debería mirarlo, pero tampoco podía apartar los ojos de él.

Me sobresalté al darme cuenta de que él también estaba mirando en mi dirección. Nuestros ojos se encontraron y me saludó levantando el vaso, que debía de estar lleno de una bebida alcohólica de alta graduación.

Volví la cabeza con un gesto brusco para centrarme mi familia, enfadada conmigo misma.

No debería haberlo mirado. La sonrisita de suficiencia de su cara era muy irritante, como si supiera algo que yo ignoraba.

Aunque Eli no sentía la necesidad de ser amable con nadie. Nunca la había sentido.

Éramos enemigos. Solo lo concebía como una amenaza, simple y llanamente.

—Discúlpame un segundo —murmuré con educación y me levanté de la silla.

—¿Pasa algo? —me preguntó Brooke.

—Que voy al baño —respondí con una sonrisa y dejé la servilleta en la mesa—. Vuelvo enseguida.

Necesitaba un minuto para recuperar la calma, de modo que atravesé el comedor y entré en el elegante baño.

Me detuve en el tocador y me miré en el espejo.

El vestido que llevaba me había costado más de lo que la mayoría de la gente gasta en ropa a lo largo de una década. Pero me encantó en cuanto me lo probé. Sin embargo, ahora me habían asaltado las dudas sobre el vestido de noche negro que me hacía sentir que iba medio desnuda.

Me puse más lápiz de labios y me lavé las manos para hacer algo y no quedarme quieta.

En realidad, no tenía ninguna necesidad de ir al baño, solo lo había hecho como excusa para huir de la mirada penetrante de Eli.

Cuando acabé, tiré el pañuelo de papel a la basura y respiré hondo.

«No puedo permitir que me saque de quicio».

Era lo que más ilusión le hacía a Eli: ponerme de los nervios. Su objetivo era que me viniera abajo, pero no pensaba darle ese gusto.

No iba a permitirlo de ninguna de las maneras.

Tenía que ignorar a gente como Eli Stone, ese desgraciado al que le sobraba el dinero y que se creía el dueño del mundo.

Por desgracia, no era nada fácil ignorarlo.

Respiré hondo varias veces más para despejar la cabeza y salí del baño con la firme determinación de disfrutar de la última noche con mi familia.

Eli era un imbécil y no estaba en mis manos cambiar el resultado de varios años de una vida de exceso y descaro. Ni siquiera quería intentarlo.

Volví a la mesa, intentando no llamar la atención.

Tuve que hacer un esfuerzo sobrehumano para no mirarlo, y lo conseguí.

Cuando nos levantamos para marcharnos, él ya se había ido.

Epílogo

Brooke

Dos meses después...

Por suerte, no me faltaron manos para planificar la boda.

Hablaba a diario con Jade por videoconferencia para decidir qué vestido de novia iba a elegir, el tipo de pastel, el menú, las flores y muchos otros detalles relacionados con una ceremonia de boda cuya existencia ignoraba hasta el momento.

Además, las mujeres de mis primos también arrimaron el hombro. Siempre había al menos una de ellas que se pasaba casi todo el día conmigo, aunque a menudo se presentaban todas en casa de Liam.

Yo había dejado mi apartamento y me había mudado con él. Al final habíamos dejado de vivir cada uno en su casa porque nos dimos cuenta de que siempre cenábamos y pasábamos la noche juntos.

Había trabado amistad con todas las mujeres de mis nuevos hermanos, pero la relación que más valoraba era la que tenía con Hope.

Ella era la que más me había ayudado a superar los peores momentos. Cuando supe que se había dedicado a la caza de tormentas antes de casarse con Jason, y de la traumática experiencia que vivió en el extranjero durante un tifón, aprendí a relativizar un poco lo que me había pasado a mí. Aun así, Hope fue consciente en todo momento de que yo había vivido una auténtica pesadilla e hizo gala de una paciencia y amabilidad constantes, mostrando una gran empatía.

Sin embargo, mi hermanastra era la prueba irrefutable de que después de la tormenta a veces llega la calma.

A decir verdad, casi todas las mujeres del clan Sinclair habían vivido en carne propia una experiencia traumática; creo que por eso me resultó tan fácil establecer un vínculo especial con ellas. Eran tan sencillas y sinceras que tenía la sensación de que las conocía de toda la vida.

Sí, no puedo negar que en ocasiones echaba de menos a mi familia de California, pero tener otra familia en Amesport me había permitido mitigar la pena que me embargaba por la ausencia de mis hermanos.

«Pero ahora están todos aquí», pensé.

Lancé un suspiro y miré a mi alrededor. Estaba en el Centro Juvenil de Amesport, maravillada de que un lugar tan grande pudiera servir para organizar eventos tan distintos. La recepción estaba en marcha y la sala de baile se había decorado de un modo espectacular, algo que solo podía agradecer a los hombres del clan Sinclair. Todos habían invertido una gran cantidad de dinero para reformar el centro y que pudiera volver a acoger acontecimientos de todo tipo, desde partidos de baloncesto a fiestas del pueblo.

Era el mejor lugar para organizar el banquete de boda dado el gran número de invitados que teníamos. Solo la familia Sinclair ocupaba ya un gran espacio, y estaba segura de que iba a asistir al menos la mitad de los habitantes de Amesport. Liam y Tessa se habían criado allí y tenían muchos amigos.

Mis hermanos, Evan y Hope ocupaban una gran mesa y parecía que se llevaban de fábula. Cuando los miré, me di cuenta del gran parecido físico que existía.

Me pregunté cómo era posible que no hubiera intuido que Evan y yo éramos familia, pero imagino que se debió a que era difícil ver algo que, en teoría, era imposible. O que al menos no era ni remotamente posible hasta que descubrí la verdad. Supuse que cuando no buscas algo, lo lógico es que permanezca oculto. A fin de cuentas, el cerebro humano tiene sus peculiaridades.

Volví a la sala de baile y me fundí con la multitud de invitados después de pasar un buen rato en el baño, intentando hacer pipí con un vestido de novia. No había sido nada fácil, pero al final lo había conseguido.

Liam fue el primero que me localizó entre la multitud mientras volvía a la mesa. Levantó la cabeza y se volvió para dirigirme una mirada seductora y posesiva, la misma de la que me había enamorado durante este tiempo.

Fue como si hubiera notado mi presencia, del mismo modo en que yo notaba la suya cuando entraba en la habitación donde me encontraba. Perdimos el contacto visual mientras yo avanzaba entre la multitud, pero el sentimiento de presencia no desapareció en ningún momento.

En los últimos meses, me había ido adaptando a mi nueva vida y me sentía cada vez más cómoda. Había aprendido a asumir que de repente tenía mucho más dinero del que podía gastar. Cuando Evan y yo hicimos las paces, se convirtió en el mejor mentor que podía desear y me ayudó a invertir la fortuna que tenía. Siempre había estado a mi lado para calmarme cuando me asaltaban las dudas sobre mi buen ojo para los negocios. Era normal, a fin de cuentas, sentirse intimidada cuando tenía que hacer inversiones de siete u ocho cifras, por muy bien que hubiera investigado el tema y estuviera convencida de que era un riesgo asumible que me proporcionaría unos jugosos dividendos.

Al final había decidido no buscar trabajo. La gestión de mi fortuna me tenía ocupada. Cuando decidí estudiar Empresariales en la universidad, nunca me imaginé que acabaría invirtiendo mi propio dinero. Era una sensación liberadora y abrumadora al mismo tiempo.

Evan me ayudaba mucho y sus consejos habían sido de un valor incalculable. Pero tenerlo como hermano era mucho mejor.

El resto de mis hermanastros también aportaron su granito de arena. Todos tenían muy buen ojo para los negocios, así como el marido de Hope, Jason. Yo era como una esponja que intentaba empaparse de todo el conocimiento que compartían conmigo, con la esperanza de llegar a tener tanto éxito en los negocios como todo el clan Sinclair. Pero de momento me conformaba con mi papel de aprendiz.

Por sorprendente que pueda parecer, había descubierto lo generosos que eran mis hermanastros con su fortuna y lo satisfactorio que resultaba donar dinero a causas dignas para ayudar a cambiar el mundo. Era uno de los aspectos más gratificantes de haberme convertido en multimillonaria.

Liam me recibió con una sonrisa cuando volví a la mesa y se levantó para acercarme la silla que tenía a su lado.

Estaba arrebatador con esmoquin y, antes de sentarme, me embargó una increíble sensación de orgullo al saber que ahora era legalmente mío.

Me había casado con un hombre increíble y sabía que tendría que pellizcarme durante varias semanas antes de acostumbrarme a ser su mujer.

Liam había decidido contratar a un encargado para el Sullivan's. Estaba a punto de empezar la temporada alta y también había contratado a más personal. No lo había hecho porque fuera a involucrarse menos en el negocio, sino porque quería concentrarse más en su expansión que en el día a día.

Me senté lentamente y Liam hizo lo propio.

—No sé tú, pero yo ya estoy preparado para la luna de miel —me susurró al oído, en un tono que reservaba solo para mí.

Me mordí el labio para contener la risa y me volví hacia él.

—Pero si acaba de empezar el banquete —le recordé—. Y no nos vamos hasta mañana.

Nuestra luna de miel iba a durar un mes por culpa mía. Como quería ir a muchos sitios y era incapaz de hacer una criba, Liam había acabado tomando la decisión de que los visitáramos todos. Íbamos a viajar por todo el mundo, una auténtica locura, pero sabía que iba a ser muy agradable, ya que íbamos a usar el avión privado de Evan.

—Sí, por eso tenemos que irnos a dormir temprano, para estar bien descansados —gruñó.

Esta vez ya no logré contener la risa. No pude evitarlo.

—Pero si solo son las cinco de la tarde. Y me muero de hambre. ¿No podemos esperar al menos hasta que hayamos cenado y comido el pastel?

—De acuerdo, esperaré —dijo, y me miró con unos ojos que reflejaban el amor que sentía por mí.

Lo besé. Fue un beso lento y dulce que despertó en mí el deseo de disfrutar de su cuerpo desnudo para abrazarlo tal y como más me apetecía. Cuando yo quería algo, él siempre se mostraba paciente. Me conmovía profundamente que se mostrara siempre tan dispuesto a anteponer mis deseos y necesidades a las suyas propias. Yo no me aprovechaba de ello porque estaba dispuesta a hacer lo mismo por él, pero me resultaba irresistible que él quisiera llegar tan lejos solo para hacerme feliz.

—Gracias por esperar —le dije con la respiración entrecortada y una sonrisa.

—Te esperaría toda la vida, Brooke. A veces tengo la sensación de que eso es lo que he hecho —afirmó con un hilo de voz y me rodeó con un brazo.

Lancé un suspiro al sentir el calor que desprendía su musculoso cuerpo.

—Yo también —murmuré.

Mi hermana Jade intentaba abrirse paso entre la multitud y parecía algo nerviosa cuando se sentó ante mí.

Me incliné hacia delante sobre la mesa y le pregunté:

—¿Estás bien? Pareces acalorada.

Se llevó una mano la mejilla, como si quisiera refrescarse un poco.

—Estoy bien —me soltó—. No sabía que Eli Stone figuraba entre los invitados.

Había conocido al excéntrico multimillonario poco después de la ceremonia.

—Es amigo de la mayoría de los Sinclair que viven en Amesport. Yo tampoco sabía que iba a venir, pero parece simpático.

Una de las cosas que había descubierto sobre los multimillonarios era que la mayoría de ellos se conocían entre sí y, a menudo, eran amigos. O bien se odiaban mutuamente. Estaba convencida de que mis hermanastros conocían a muchos ricos porque era el entorno en el que se habían criado. Tal vez creían que solo podían confiar en la gente que tenía tanto dinero como ellos.

—Lo odio —confesó Jade con vehemencia—. Además, somos incapaces de mantener una relación mínimamente civilizada y amable.

—¿Por qué? —le pregunté.

Negó con la cabeza, como si lamentara haber perdido la compostura.

—No pasa nada. Basta con que no tenga que volver a dirigirle la palabra —afirmó algo más calmada.

—¿Ha hecho algo que te haya ofendido? —preguntó Liam, molesto ante la posibilidad de que uno de los invitados a la boda hubiera hecho enfadar a mi hermana.

Jade y Liam habían hecho buenas migas en los últimos dos meses y sentían un respeto y afecto mutuos muy hondos. Si alguien le hacía daño a mi hermana, Liam salía de inmediato en su defensa.

—No, estoy bien, de verdad —afirmó Jade—. Es que me saca de quicio, nada más. Pero no pienso permitir que un multimillonario arrogante y engreído saque lo peor de mí —dijo con una sonrisa que parecía algo forzada—. Hoy es un día especial.

Jade seguía sonriendo, pero sus ojos reflejaban un estado de inquietud. Yo estaba preocupada por ella, pero si no quería hablar de su problema, poco se podía hacer al respecto.

—¡A ver, tortolitos, decidles a los camareros que empiecen a servir la comida, que me muero de hambre! —exclamó Aiden con voz de trueno desde la mesa de al lado.

—¿Hay algún momento en que no tengas hambre? —le espetó Liam, que hizo un gesto al jefe de sala para que empezaran a servir a los comensales—. Es insaciable, ¿seguro que no tiene la solitaria? —dijo Liam en voz baja.

Sonreí. Todos mis hermanos comían como una lima.

—No. Ha sido así desde que tengo uso de razón.

No hice referencia alguna a todas las veces que mis hermanos mayores habían renunciado a comer para que Jade, Owen y yo no nos fuéramos a dormir con el estómago vacío. Ahora que sabían que no tendrían que volver a preocuparse jamás por alimentar a su familia, estaban recuperando el tiempo perdido.

—Me alegro de haber encargado un menú tan abundante —dijo Liam con una sonrisa.

Habíamos elegido un menú pantagruélico, capaz de satisfacer a tragones como mis hermanos. Y yo sabía que Liam lo había seleccionado porque sabía de buena tinta lo mucho que les gustaba comer.

—Te quiero —le solté sin más y me volví para mirarlo, presa de la emoción por la suerte que había tenido de conocer a alguien que se preocupaba tanto por mi familia.

—Eh, ¿qué te pasa? —me preguntó Liam al ver la lágrima que me corría por la mejilla.

Negué con la cabeza y me sequé la solitaria lágrima.

—Nada. Tan solo me preguntaba qué he hecho para merecer a un hombre como tú.

Liam sonrió y con el dedo índice me obligó a levantar el mentón para mirarlo a los ojos.

—Nada. No tenías que hacer nada. Tan solo ser como eres. Y, que lo sepas, yo también te quiero.

Sabía que me amaba. Lo demostraba de obra y de palabra. Lo miré a la cara… Por Dios, qué guapo era y qué bien le quedaba la ropa formal y elegante.

—A lo mejor podemos saltarnos el pastel —le dije con un hilo de voz para que no me oyera nadie más.

De repente no me importaba la comida. Lo único que quería era llevarme a Liam a casa y arrancarle toda la ropa para recorrer hasta el último centímetro de su piel abrasadora. En ese momento no me bastaba con sus palabras. Quería… Lo quería a él. Sentía la necesidad de demostrarle que lo amaba y decirlo en voz alta.

Se rio. Fue una carcajada fuerte, profunda y divertida que me llegó al alma.

—Creo que podemos comer primero.

Lo abracé del cuello.

—No sé si podré esperar… —le susurré al oído.

—Creía que tenías hambre…

—Sí, de devorarte a ti —le dije sin apartar los labios de su oído.

—¡Joder! —exclamó con un tono de frustración—. He visto varias habitaciones vacías de camino al salón principal, pero no es lo que tenía planeado para nuestra primera vez como marido y mujer.

—Podríamos volver antes de que se enfríe la comida —le dije con voz sugerente.

No necesitaba una luna de miel perfecta. Solo lo quería a él.

Noté la tensión que le atenazaba los hombros.

—¿Tienes ganas de marcha? —me preguntó con voz grave.

—Muchas.

Se levantó sin decir nada más, pero vi en sus ojos una mirada de picardía y me puse en pie de inmediato.

—Volveremos para que puedas comer —insistió—. No tardaremos demasiado.

—Supongo que puedo esperar —dije, aunque me moría de ganas de estar a solas con él.

—Sí, pues yo no —gruñó. Me agarró de la muñeca y me arrastró hacia la salida—. Considéralo una previa de lo que pasará luego.

Me reí al ver las miradas de incredulidad de mi familia cuando se dieron cuenta de que Liam quería sacarme de nuestro propio banquete de boda.

—Enseguida volvemos —les aseguré a mis hermanos sin volverme.

Más adelante, habría de recordar la recepción como la fiesta más bonita que podría haber deseado jamás, a pesar de que a Liam y a mí tuvieran que recalentarnos la cena.

Pero no pensaba quejarme.

Cualquier sacrificio valía la pena por mi nuevo marido.

AGRADECIMIENTOS

Como siempre, deseo expresar mi más sincero agradecimiento a mi editora, Maria Gomez, y a todo el equipo de Montlake Romance por el apoyo continuo que han mostrado a Los Sinclair. He disfrutado muchísimo escribiendo esta serie y no podría estar más agradecida a la gente de Montlake, que ha mostrado la misma pasión que yo por mis libros.

A mi equipo personal de KA... sois las mejores. Gracias por todo lo que hacéis por mí a diario para que pueda concentrarme en la escritura.

A mis Gemas y a todas las blogueras que se encargan de la promoción de mis libros y ofertas especiales... sois fabulosas y no dejáis de sorprenderme con todo lo que hacéis. Gracias por ser tan maravillosas.

¡Y un abrazo enorme a mis lectoras por permitirme seguir haciendo lo que más me gusta!

Besos, Jan